ANUK

BoD

Meinen beiden Töchtern
Heike und Anja
gewidmet

Kune Mush

ANUK

das Leben eines Siberian Husky

Bibliografische Information der Deutschen Nationalbibliothek: Die Deutsche Nationalbibliothek verzeichnet diese Publikation in der Deutschen Nationalbibliografie; detaillierte bibliografische Daten sind im Internet über http://dnb.dnb.de abrufbar.

© 2015 Kune Mush

Illustration: Kune Mush

Herstellung und Verlag: BoD – Books on Demand, Norderstedt

ISBN: 978-3-7347-4855-4

Inhaltsverzeichnis

Leben ist einmalig S. 7
Geburt S. 10
Beim Tierarzt S. 12
Welpenzeit S. 13
Ausbruch S. 16
Betreuung S. 19
Allgäu S. 22
Training S. 27
Mein erstes Wagenrennen S. 29
Trainingswagen und Schlitten S. 31
Mein erstes Schneerennen S. 35
Erste Nordlandreise S. 37
Ammarnäs - Dalavardo S. 39
Sommerfahrten S. 44
Fahrt nach Norrbränna S. 49
Übers Björkfjäll nach Bäverholmen S. 54
Zur Nasa S. 58
Ankörung S. 62
Wertung S. 65
Raufereien und Missgeschicke S. 68
Begegnungen S. 73
Reichlich beladen S. 77
Fremdhunde S. 79
Abgeräumt S. 81
Eifersucht S. 84

Junghunde S. 87
Einsame Straße S. 89
Eis S. 91
Baika und Bonnie S. 94
Schwierige Fahrten S. 97
Elche S. 101
Regen im Dezember S. 103
Fjälltouren S. 105
Heiligabend S. 109
Heimkehr S. 111
Aleska S. 115
Vielseitigkeitslauf S. 117
Laika S. 123
Allgäu – Adolfström S. 126
Elf Huskies S. 129
Sturm am Laisälven S. 133
Zum Bassjosjaure S. 141
Oberwasser S. 144
Pannenreiche Heimfahrt S. 148
Eine Sommerreise nach Schweden S. 155
Haus und Hütten S. 159
Innerkrems S. 163
Wildkogel S. 165
Bennie S. 172
Veränderungen S. 176
Nordisches Land S. 179
Letzte Fahrt S. 186

Leben ist einmalig

Der Idiot gibt keine Ruhe. Er reißt und zerrt seit Stunden an dem Drahtzaun. Ich zeige ihm die Zähne, ich drohe ihm. Aber er ist wie von Sinnen. Er rast, tobt, bellt und reißt dann immer wieder am Zaun. Das Loch wird ständig größer. Er wird mich töten, ich weiß es. Mich, Black Gipsy's Anuk, von manchen auch der schwarze Teufel genannt.

Ich bin knapp 12 Jahre alt, mein glänzendes Fell hat die typische schwarz-weiße Huskyzeichnung. Dazu passen meine braunen Augen mit ihrem klaren Blick. Körperlich und geistig bin ich fit. Meine 1,40 m hoch gelegene Box im Wohnmobil erreiche ich noch immer aus dem Stand im freien Sprung.

Was mir aber jetzt fehlt, das sind zwei meiner Eckzähne, ausgerissen in ehrenvollen Kämpfen und Ausbruchversuchen. Es fehlt mir der Gegenbiss und ohne diesen habe ich keine Chance bei meiner Verteidigung.

Balto, dieses kompakte, grau-weiße Muskelpaket ist fünf Jahre jünger und hat ein kräftiges, lückenloses Gebiss. Seit kurzem fühlt er sich zum Rudelführer berufen und sucht den Kampf. Er will sich beweisen. Aber so doch nicht!

Ich war etwa acht Jahre der Rudelchef, souverän, oftmals despotisch. Hundertmal hätte ich Balto die Kehle durchbeißen können. Doch ich habe ihm nur stets seine Rangordnung klargemacht.

Was hast Du davon, wenn Du jetzt die Grenzen überschreitest und mich beseitigst? Du glaubst, dann bist Du der Größte? Man wird dich an die Kette legen, vielleicht sogar erschießen. Man wird dein Machogehabe künftig schon im Keim ersticken. Die menschlichen Begegnungen mit dir werden nicht mehr voller Liebe, sondern von Zurückhaltung geprägt sein. Du wirst überhaupt keine Gelegenheit erhalten, die Rolle eines Rudelführers zu leben. Mit deinem vermeintlichen Sieg hast du deine Chance verspielt.

Denk' doch an deine Tochter Dasha, sieben Monate alt, im Zwinger nebenan. Glaubst Du, mit einem Kampf kannst du Eindruck schinden? Sie ist jetzt schon total verängstigt, genau wie ihre Mutter Bonnie.

Am besten werde ich mich aus der Hütte heraus verteidigen. Aber die Eingangsöffnung ist viel zu breit. Ich habe Angst, nur nicht zeigen. Mush, wo bist du? Du wolltest uns in Notlagen doch immer beistehen. Aber ich weiß, mit Deiner schmalen Rente allein kannst du Dich und zwölf große Hunde nicht durchbringen. Du musst deinen Geschäften nachgehen, damit Geld in die Kasse kommt.

Aber warum müssen wir hier sein, in dieser endlos langen Zwingeranlage mit 50 anderen Huskies und 20 italienischen Hunden für die Vogeljagd. Das erste Mal, dass Du uns überhaupt weggebracht hast. Die Zwinger sind ja groß und sauber, die Drahtwände normalerweise stabil, aber für einen tobenden Balto doch kein Hindernis. Und keine Menschenseele weit und breit.

Er ist durch. Ich werde es ihm nicht leicht machen. Ich habe mich noch nie einem anderen Hund untergeordnet. Ich werde es auch jetzt nicht tun. Wir kämpfen, kämpfen bis zum absoluten Ende. Vielleicht gibt es auch einen

Himmel für Huskies. Vor meinen Ahnen brauche ich mich nicht zu schämen. Ich bin meinem, unserem Charakter immer verbunden geblieben als eigenwilliger, aber treuer und mutiger Husky, dem keine Fahrt zu weit war, der keine Auseinandersetzung gescheut und der nie aufgegeben hat. Das Leben war schön.

Geburt

Hoppla, was ist denn da noch? Mush sieht im Vorbeigehen ein kleines längliches schwarzes Bündelchen in der Wurfkiste. Das bin ich, Anuk. Mit mir hat keiner mehr gerechnet, denn meine Schwestern Aleska und Anuja sind schon am Vortag, dem 4. Dezember, zur Welt gekommen. Und meiner Mutter Kiska konnte man nicht ansehen, dass sie mit dem Gebären noch nicht zu Ende ist. Denn kurze Zeit nach mir kommt auch noch meine dritte Schwester Askia.

Ich bin der Kleinste mit 390 Gramm. Unsere ersten Wochen verbringen wir mit trinken und schlafen in der extra für uns gebauten neuen Wurfkiste mit Sicherheitssteg und höhenregulierbarem Eingang. Standort ist das helle und ruhige Wohnzimmer in München von Mush und seiner Familie mit Frau und zwei Töchtern. Alle kümmern sich sehr um uns, am meisten aber unsere Mama Kiska. Die ersten drei Wochen versorgt sie uns auch ganz allein.

So etwas nach Weihnachten genügt uns die Wurfkiste nicht mehr, wir wollen Ausflüge machen. Nach dem Wohnzimmer bekommen wir die Küche angeboten. Da ist der Boden aber sehr glatt. Um nicht immer platt auf dem Bauch zu liegen, muss man richtig laufen lernen.

Schließlich dürfen wir auch auf die Terrasse. Da wird in der Ecke schon eine große Hundehütte aufgebaut. Und als die Nerven von Musha unsere lebhafte Gesellschaft in der Wohnung einfach nicht mehr aushalten, werden wir in diese Hütte umquartiert. Es folgt eine bitterkalte Januarnacht, doch das macht uns überhaupt nichts aus.

Wir haben viel Stroh als Unterlage und kuscheln uns alle eng zusammen. Mama Kiska behütet uns wachsam.

Auf der Terrasse mit ca. 20 qm können wir immer frei herumlaufen. Manchmal öffnet man uns auch die Absperrung zum Garten. Da gibt es viel zu entdecken. Aleska kann als erste den Komposthaufen erklettern. Der Zaun zu den angrenzenden Grundstücken ist auch kein schwieriges Hindernis: die Nachbarn links glauben an eine Mäuseplage, weil wir heimlich ein wenig ihren Garten durchwühlt haben. Geradeaus, die Leute der Terrassenwohnungen freuen sich über unseren Besuch. Mush ist allerdings weniger erfreut, da er über den Zaun klettern, uns suchen und einsammeln und sich teilweise noch entschuldigen muss. Prompt wird auch der Zaun ausbruchsicher gemacht.

Jetzt müssen wir uns auf den eigenen Garten konzentrieren. Wir bearbeiten gründlich die Blumenbeete, was Musha so gar nicht gefällt. Die Rasenfläche wird umgestaltet und mit Hügeln, Höhlen und Gräben durchzogen. Garten war einmal, jetzt schaffen wir unser eigenes Reich.

Die Zähnchen wachsen, es juckt und wir wollen beißen und kauen. Aber immer wieder nimmt man uns Schuhe, Körbe, Tücher und sonstige Eroberungen wieder weg. Doch es gibt ja noch Tisch- und Stuhlbeine, Türfassungen und vieles mehr. Man findet immer etwas, wenn man so ständig unterwegs ist.

Beim Tierarzt

Wir sind gerade acht Wochen alt, da werden wir alle vier in einen Korb gesteckt und ins Auto verfrachtet. Mush ist wieder einmal auf Geschäftsreise und so bringt uns seine Tochter Anja zum Tierarzt. Fast hätte sie uns tatsächlich bis in die Praxis gebracht, aber noch auf der Treppe, kurz vor der Eingangstüre, ist es uns doch gelungen, aus dem Korb zu entwischen. Die Treppe hoch, über den schmalen Zufahrtsweg und ab auf die Gräfelfinger Hauptstraße.

Da sind Menschen, Autos, Geschäfte und viele Verstecke. Wir brauchen ja Bewegung, wir rennen kreuz und quer und Anja sowie alle Sprechstundenhilfen hinterher. Hei, ist das eine Jagd! Geistesgegenwärtig entreißt eine vorbeigehende Mutter ihrem laut protestierenden Sprössling im Kinderwagen das Wienerchen und lockt uns damit an. Dem können wir nicht widerstehen und lassen uns schließlich einfangen. Im Korb erholen wir uns von der Aufregung. Der Tag ist ja noch nicht zu Ende.

In der Praxis geht es noch einmal richtig rund. Aleska, unser Klettermaxe, ersteigt über den Stuhl den Schreibtisch und erobert dort die große Schale mit den Hundeleckerli. Anuja stößt unter dem Tisch den Papierkorb um und untersucht gründlich den Inhalt. Askia klettert auf ein Sidebord. Sie hat ziemlichen Durchfall und jetzt überkommt sie ein mächtiger Drang. Die schöne, weiß gestrichene Wand hat ihr Gemälde. Und ich will etwas öffnen, was ich jedoch, dem Geschrei nach zu urteilen, absolut nicht soll.

Aber Respekt, die Tierärztin hat gute Nerven und Humor. Sie steht in der Türe, sieht sich alles an und sagt nur - "eine muntere Gesellschaft".

Welpenzeit

Es ist eine schöne Zeit in München. Ab und zu machen wir Ausflüge in den Pasinger Park, dürfen frei herumsausen und finden die Bewunderung der Spaziergänger und anderen Hundehalter. Mush und die begleitenden Töchter sind aber anschließend immer recht geschafft. Vier heranwachsende Huskies und deren temperamentvolle Mutter in unbegrenztem Gelände unter Aufsicht zu halten, ist nicht gerade einfach.

Zu Hause hatten wir eine große Hundehütte mit zwanzig Quadratmetern Auslauf. In den anschließenden Garten durften wir nur noch unter Aufsicht. Musha brachte uns bei, dass wir nach Anbruch der Dunkelheit absolut die Schnauze zu halten hatten. Ringsum waren überall Häuser, wohnten Menschen, doch während unserer gesamten Münchner Zeit haben wir uns nicht eine einzige Beschwerde eingehandelt.

Trotzdem, so konnte es auf Dauer nicht weitergehen. Mush hatte einen Beruf und konnte nicht zwei- oder dreimal am Tag mit uns ins Gelände gehen. Also mussten wir verkauft werden, in jedem Fall aber eine neue Bleibe finden.

Mush machte sich nun mit Hilfe seiner Töchter auf die Suche im Bayerischen Wald und im Allgäu. Es muß ziemlich zeitaufwendig und nervenaufreibend gewesen sein, aber schließlich wurde man in einem kleinen, abgelegenen Weiler mit fünf Häusern im Allgäu fündig. Ein altes, aber gut renoviertes Bauernhaus mit großer Scheune und fast 8.000 qm Grund in 750 m Höhe ü. d. M. Keine Durchgangsstraße, umgrenzt von Feldern und Wäldern.

Als erstes begann die Zwingerplanung. Siggi, ein altgedienter Musher bestellte das Hundehaus und die Elemente bei Palmen und erklärte sich auch zum Aufbau bereit. Es wurde alles pünktlich nach Plan fertig und am 30. April, wir waren knapp fünf Monate alt, erfolgte der Umzug. Mush nahm seine persönlichen Dinge, die Büromöbel und ein altes Sofa, das eigentlich auf den Sperrmüll sollte, mit. Die komplette Vierzimmerwohnung überließ er Musha, die sich ja weigerte, in die Allgäuer Einöde mitzuziehen.

Auch unsere Mutter Kiska blieb in München. Um ihr den Abschiedsschmerz von uns zu erleichtern, ging jemand mit ihr spazieren, während wir in den PKW verladen wurden. Drei auf die Rückbank, Anuja in den Fußraum des Beifahrersitzes. Es wurde aber später erzählt, dass Kiska bei ihrer Rückkehr überhaupt keinen traurigen Eindruck machte. Sie schnüffelte zunächst überall herum, dann ließ sie sich auf ihrem Schlafplatz nieder, um endlich einmal einen mehrstündigen ungestörten Mittagsschlaf zu halten.

Die neue Adresse gefällt uns gut. Eine frische Luft, wenn die Bauern nicht gerade Gülle fahren. Einen weiten Blick über die Wiesen. Oft sind Rehe zu sehen, immer wieder Katzen, viele Vögel, manchmal auch Fuchs und Hase. Vor den großen Kühen auf der Wiese haben wir Respekt. Beim Nachbar über der Straße sind vier Schäferhunde in den Zwingern.

Der Nachbar überm Zaun hat Mush gleich kleingemacht. Der wollte wohl zeigen, wo der Weg lang geht und wer das Sagen hat. Ein Jurist im Staatsdienst, sehr lärmempfindlich, im Besitz von vier Katzen und einem schadhaften Zaun. Schlimmer kann es für den Halter von einem Rudel Huskies wohl kaum noch kommen. Aber, abgesehen von kleineren Attacken, haben wir die Nachbarschaft ohne Prozess überstanden und alle vier Miezen haben überlebt. Unsere Lebensqualität hat aber schon etwas gelitten, denn während die Katzen auf unserem großen Grundstück auf Mäusejagd gingen, wurden wir hinter Rohrstäben gesichert.

Mush ging öfters mit uns spazieren oder wir durften ihn am Fahrrad begleiten. Am besten war es, wenn mehrere Leute zu Besuch kamen. Dann erhielt jeder eine Hundeleine und einen Hund dazu und wir konnten alle gemeinsam wandern.

Anuja durfte einmal mit ins Haus gehen. Sie schaffte es auf Anhieb, eine Treppe hochzugehen. In einem der oberen Zimmer stand das Fenster offen. Anuja setzte sofort zum kühnen Sprung über den Fenstersims an. Sie muss sich wohl gewundert haben, dass der Flug so lange dauert, denn es waren fast vier Meter bis zum asphaltierten Boden. Mush war vor Entsetzen wie gelähmt. Er befürchtete das Schlimmste, als er angstvoll vorsichtig in den Hof hinunter blickte. Dort stand Anuja, die rechte Pfote leicht angehoben, und schaute verwundert nach oben. Aber nicht lange, denn es wurde ihr schnell bewusst, dass sie jetzt freie Fahrt nach allen Richtungen hatte und ab ging die Post, die Straße hinunter. Das brachte endlich auch Mush aus seiner Erstarrung. Er nahm den längeren Weg über die Treppe und lief schreiend seinem Hund hinterher. Eine leichte Prellung an der Pfote, unterm Kinn etwas aufgeschürft, war alles, was Anuja von ihrem Höhenflug abbekommen hatte.

Ausbruch

Der Zaun um das große Freigelände ist 1,80 m hoch. Er umschließt das Hundehaus, die innere Zwingeranlage mit stabilen Rohrstäben und Drahtabdeckung, sowie etwa 700 qm Wiese mit gut einem Dutzend großer Bäume. Starke Pfosten sind tief in die Erde versenkt. Mush hätte das allein nie geschafft. Sein Nachbar Karl hat das meiste bewerkstelligt und auch die Löcher für die Pfosten gebohrt. Keine einfache Sache, denn weite Teile des Untergrunds bestehen aus Nagelfluh, einem Schmelzwasserschotter des Illergletschers. Im Laufe von mehreren hunderttausend Jahren hat sich Kalkgestein im Sickerwasser gelöst und mit dem Schotter zu einer festen Masse verbunden. Jetzt hart wie Beton gibt der Boden nur an einzelnen Stellen nach und variable Lochabstände sind nicht zu vermeiden.

Die Pfosten hat dann der junge kräftige Bauer Heini, im Vorderlader seines Traktors stehend, mit einem riesengroßen Vorschlaghammer in die Erde gehauen. Von Pfosten zu Pfosten wurde lückenlos ein stabiler Drahtzaun befestigt, mit der unteren Kante in die Erde versenkt. So, alles hatte viel Zeit, Kraft und auch Geld gekostet. Vor allem Mush war stolz auf dieses Werk, hatte man doch, nach seiner Meinung, einen wunderschönen, ausbruchsicheren Freilauf geschaffen.

Wir erkundeten zunächst alles gründlich, dann macht Askia, unser Sprungtalent, den ersten Ausbruchtest und siehe da, es klappt auf Anhieb. Sie springt in das obere Drittel des Zaunes, mit zwei oder drei Kletterbewegungen bezwingt sie den Rest und landet sicher auf dem Boden der anderen Seite. Ein kleiner Erkundungsrundgang ohne größeren Schaden, dann sind wir alle wieder versammelt.

Zwei Tage später, Mush schildert gerade seiner Tochter im Freilauf den Ausbruch. Was soll das Gerede, denkt wohl Askia, nimmt einen kurzen Anlauf und ist mit federleichter Behändigkeit wieder auf der anderen Seite, auf und davon, sehr schnell außer Sichtweite. Die sofort eingeleiteten Suchmaßnahmen bleiben ohne Erfolg.

Bald kommt aber eine Unruhe in den kleinen Weiler. Bei Louis und Franz fehlt ein Huhn. Die beiden Rentner haben schon vor Jahren ihre Landwirtschaft aufgegeben und halten jetzt nur noch Katzen und Hühner. Ein Hund hat eine Henne geholt und lagert jetzt mit ihr an einem entfernten Waldsaum. Die Brüder sind der festen Meinung, dass es keiner von uns sein kan, denn wir befinden uns ja in einer festen Umzäunung. Also telefonieren sie mit einem Jäger, der auch schon sehr bald vor Ort eintrifft. Zum Glück ist bis dahin Askia mit ihrer Beute verschwunden. Mush erklärt recht kleinlaut, dass es doch einer seiner Hunde ist.

Er steigt zu dem Jäger ins Auto und sie fahren kreuz und quer durch die verzweigten Wald- und Wiesengebiete. Einige Jäger benachbarter Reviere haben Askia gesehen, können sogar das Halsband beschreiben, doch wie ein Phantom ist sie immer wieder schnell verschwunden. Es wird Nacht, der Jäger und Mush geben die Suche auf, verabreden sich für den nächsten Tag.

Da, es ist schon fast Mitternacht, kommt aufgeregt das Nachbarmädchen Birgit angelaufen. Sie hat unter ihrem geöffneten Fenster das leichte Scheppern der Hundemarke am Metallring des Halsbandes gehört. Askia muss in der Nähe sein. Tatsächlich, im Scheinwerferlicht können wir sie in Freilaufnähe in einem dichten Gehölz finden, wo sie gerade den Rest ihrer Beute verbuddelt. Sie wird eingefangen und zu uns in den sicheren Zwinger gesperrt.

Mush informiert am nächsten Tag frühzeitig den Jäger, dann ist sein Entschuldigungsgang zu den Brüdern fällig. Er nimmt dazu einen ganzen Kasten gutes Ottobeurer Bier mit. Das glättet schnell die Wogen und Franz, der Jüngere, meint sogar "da kann der Hund jede Woche kommen und eine Henne holen".

Der Kasten Bier war freilich das Wenigste. Auf ca. 110 m Zaunlänge in 1,80 m Höhe darf jetzt Mush eine 40 cm breite, nach innen geneigte Sicherheitsleiste aus Draht anbringen und verankern. Die Ausflüge über den Zaun sind damit beendet. Neue Ideen sind gefragt und die gehen einem Husky selten aus.

Betreuung

Birgit lieben wir sehr. Sie ist das fleißige, freundliche und immer hilfsbereite Nachbarmädchen von gegenüber. Sie versorgt uns in Abwesenheit von Mush und eigentlich ist das recht oft, meist so zwei bis vier Tage, und das mehrmals im Monat.

Bei unserer ersten Begegnung ist Birgit knapp elf Jahre alt, hat überhaupt keine Angst und findet sofort den richtigen Kontakt zu uns. Gewissenhaft bereitet sie uns die Mahlzeiten und sorgt für eine gerechte Verteilung.

Soweit es ihre Zeit erlaubt, beschäftigt sie sich mit uns, gibt ihre Anerkennung und lobt uns. Wir folgen ihr fast aufs Wort und freuen uns immer, wenn sie bei uns ist.

Birgit hat auch einen eigenen Hund, Champion Buck, ein imposanter Schäferhund. Mit ihm hat sie schon in ihren jungen Jahren viele Preise errungen und jedes Jahr kommen weitere Pokale und Meistertitel hinzu.

Bei Buck, den sie auch sehr liebt, muss sie immer auf Disziplin achten, während sie mit uns herumalbern und sich als sensibles junges Mädchen bei uns auch schon mal ausweinen kann.

Manchmal fährt Birgit im Trainingswagen oder auch im Schlitten mit uns mit. Wir erkunden neues Gelände und erleben gemeinsam so manches kleine Abenteuer.

Birgits Schwester Anja, so um die fünf Jahre alt, will uns unbedingt einmal begleiten. Wir passen höllisch auf, doch irgendwo im Wald haben wir sie dann doch verloren. Zu Hause muss die Mutter der Kleinen unseren Mush beruhigen, so bekümmert und besorgt ist dieser. Er geht auch sofort wieder auf Suche, doch da kommt ihm schon bald die Kleine auf ihrem Kinderfahrrad, fröhlich plappernd, entgegen.

Wir haben wieder einmal eine Schwachstelle an unserem Gehegezaun gefunden und sind an einem schönen Sonntagmorgen ausgebrochen. Mush sucht uns verzweifelt, ohne Erfolg. Schließlich informiert er Birgit und bittet um ihre Mithilfe. Diese schwingt sich auf ihr Geländefahrrad, ist auch bald wieder zurück, mich an der Leine, zwei Hunde folgen ihr frei und den letzten hat sie an Ort und Stelle angebunden.

Birgit hat einen sechsten Sinn, ein fantastisches Einfühlungsvermögen in die Gefühlswelt der Hunde.

Aufregend für Birgit, eigentlich für uns alle, ist die Geburt von Welpen. Dabei läuft es nicht immer so reibungslos ab. Bei meiner Schwester Askia erblicken die sechs gesunden Kleinen durch einen Kaiserschnitt das Licht der Welt. Der Tierarzt meint, dass die Bauern bei einer Kuh noch Verständnis für diesen Schnitt haben, aber bei einem Hund...

Unsere Hundezahl wurde immer umfangreicher und bald bilden sich zwei Rudel. Auch werden wir Älteren bei den Rennen nicht mehr oder nur noch als zweites Team eingespannt. Bei Longtrails und Mehrtagestouren müssen wir zu Hause bleiben. Da ist es wirklich tröstlich, dass sich immer jemand um uns kümmert.

Aus Birgit ist eine junge hübsche Frau geworden, sie findet einen sympathischen Freund, selbstverständlich aus der Hundeszene, und verlässt das Elternhaus.

Anja, inzwischen herangewachsen, übernimmt den Betreuungsjob. Sie ist pragmatischer, doch ebenfalls gewissenhaft, zuverlässig und pünktlich. Wir sind weiterhin in guten Händen.

Für mich und mein Rudel ist es ein Glücksfall, mehr als elf Jahre unseres Lebens von diesen beiden Mädchen begleitet zu werden.

Allgäu

Es gefällt uns hier. Wir haben einen schönen Zwinger inmitten eines großen Freilaufs mit einem herrlichen alten Baumbestand. Angrenzend, noch auf unserem Grundstück, befindet sich eine große, freie Wiese. Da sie nur einmal im Jahr gemäht und nie geodelt wird, trägt sie von Frühjahr bis Herbst ein abwechslungsreiches Grün und eine Vielzahl bunter Wildblumen. Hier legen im Mai die Rehe oftmals ihre Kitze ab.

Im hinteren Teil des fast 8.000 qm großen Grundstücks, unmittelbar vor dem steilen Abhang zum Tal, befindet sich ein schmaler Streifen Wald, schutzbietend vor den häufigen Westwinden. In unserer Sichtweite dient er auch lange Zeit einem stattlichen Rehbock immer wieder als Ruheplatz.

Das langgestreckte Gebäude, die Schmalseite zur Straße hin, beherbergt Wohnung, Garage, Scheune und frühere Stallungen. Ein paar Meter weiter, gleichfalls zur Straße hin, steht die aufwändig renovierte Kapelle Sankt Maria, erbaut im Jahre 1778.

Die fünf alten Bauernhöfe des Weilers stehen auf der ebenen Fläche des Kammes eng beisammen. Nur der später erbaute Gabler-Hof liegt etwas abseits inmitten seiner Wiesen.

Eine schmale Straße windet sich über die Hochfläche durch den Weiler und endet in einem holperigen Waldweg. Die Rushhour ist an Werktagen in der Regel zwischen 12 und 13 Uhr, denn da kommen Milchauto und der Briefträger.

Im Mai und Oktober findet jeden Freitagabend ein Gottesdienst in der kleinen Kapelle statt, zu welchem die Bauern der umliegenden Höfe mit ihren Familien kommen. Auch der Fronleichnamszug endet bei der Kapelle. Diese hat eine sehr hell klingende Glocke, welche uns immer das Signal gibt, kräftig mitzuheulen. Die Leute schmunzeln nur und zur Andacht sind wir auch rechtzeitig wieder still.

Am hinteren Ausgang des Grundstücks, unmittelbar vor unserem kleinen Wäldchen, ist eine Lücke im Zaun. Diese benutzt der Bauer mit seinen Fahrzeugen zur Gras- und Heuernte, mehr noch aber wir mit dem Schlitten und Trainingswagen. Wir kommen direkt auf die große Gablerwiese, fahren nahe der Hangkante bis zu dem Gedenkstein für die hier ehemals gestandene Burg Felsenberg, schon 1370 erwähnt als Sitz des Rueger von Felsenperch, ab dem 15. Jahrhundert Burgstall des Kloster Ottobeuren. Vor weniger als 200 Jahren noch mit Wall und Graben erkennbar, heute nur grüne Wiese.

Von diesem Punkt, über die Baumwipfel am Berghang hinweg, hat man einen weiten Ausblick über das Altillertal, durchzogen von Autobahn, Eisenbahn und Landstraße, besiedelt mit Dörfern und Weilern. Die Iller selbst hat sich schon vor Jahrtausenden weiter westlich ihr neues Flussbett gegraben.

Nach einem großen Linksbogen und Überquerung der schmalen Straße nimmt uns ein hochgewachsener, quellendurchsetzter Wald auf. Hier hindert aber schon bald der Krebsbach unser Weiterkommen. Eine schmale, morsche Jägerbrücke ist kilometerweit der einzige und für unser Gefährt nicht passierbare Übergang.

Etwa einen Kilometer entfernt, am nächsten Bergkamm, hat der Bauer Bermann sein Gehöft. Er hört von unserer Not und baut mit Mush eine neue, breitere Brücke, zwar ohne Geländer, doch stabil und sicher.

Nach und nach erschließen wir unser Trainings- und Ausflugsgebiet auf einer Fläche von 50 qkm. Es ist von zwei Bergkämmen durchzogen und abwechslungsreich mit Wald und freien Flächen durchsetzt. Wenn nach dem Viehabtrieb im Herbst ein geschlossenes Gatter eine wichtige Durchfahrt für die Schlittensaison versperrt, fragt Mush den Bauern, ob er es über den Winter öffnen dürfe und erhält dazu auch immer die Erlaubnis.

Über den Wandersteig am Naturdenkmal Geologische Orgeln vorbei, besuchen uns die Buben und Mädchen des Kindergartens vom benachbarten Wolfertschwenden. Begleitet werden sie von ihren Betreuerinnen und einigen Eltern, selbst der Herr Pfarrer kommt zu einem Grüß Gott vorbei. Die große Wiese, direkt vor unserer Zwingeranlage bietet ausreichend Platz für eine gemütliche Brotzeit. Wenn wir auch nicht direkt zusammen spielen können, ist es für uns und wohl auch für die Kinder eine abwechslungsreiche Begegnung.

Zur Jägerschaft besteht mit nur geringer Ausnahme ein gutes Verhältnis. Wir werden lediglich gebeten, bei schon fortgeschrittener Dämmerung und in der Nacht keine Fahrten zu unternehmen. Daran halten wir uns. Nach einer großangelegten Jagd bekommen wir Besuch von einem uns unbekannten Jäger. Sein Hund ist nicht zurückgekommen. Er hat die Hoffnung, dass wir ihn bei unseren Fahrten doch irgendwann sehen und bittet um Benachrichtigung.

Im Mai, vor der großen Mahd, läuft Mush mit dem Jagdpächter und den Kindern des Weilers die schon hochstehenden Wiesen ab, um die dort von ihren Müttern abgelegten Rehkitze in Sicherheit zu bringen. Man schützt die Hände mit reichlich Grün oder Gras, um nicht den menschlichen Geruch auf die Kleinen zu übertragen. Am Rand der Wiese außerhalb des Gefahrenbereichs der Mähmaschine finden sie ihre Mütter wohlbehalten wieder.

Mit Hunden haben wir kaum Probleme. Die gut geschulten oder in Ausbildung befindlichen Schäferhunde unseres Nachbarn über der Straße sind entweder im Zwinger oder an der Leine. Lediglich der kleine Spitz Lumpi der Pfisterbäuerin sorgt für Unruhe. Kein Fußgänger, Radfahrer oder Auto kann seinen kläffenden Attacken entgehen. Besonders auf unser durchfahrendes Gespann hat er es abgesehen. Da schießt er wild bellend aus der Scheune und begleitet uns aufgeregt kläffend bis in unsere Einfahrt. Die Bäuerin wollte ihn während unserer Ausfahrten an die Kette legen, doch Mush ist der Meinung, dass diese Angriffe eine gute Disziplin-Übung für das Gespann sind.

Meiner Mutter Kiska, die uns zeitweise besucht, war es allerdings bei einer ihrer Alleinausflüge zu dumm, sich von dem kleinen Kerl ankläffen zu lassen. Sie packte ihn im Genick, hob ihn hoch, schüttelte ihn kräftig und ließ ihn wieder fallen. Lumpi war erstmals sprachlos und schlich sich davon.

Kiska konnte sich auch bei größeren Kalibern Respekt verschaffen. Im Westpark in München begegnete ihr ein allseits gefürchteter großer Schäferhund, der schon so manchen anderen Hund verletzt hatte. Trotzdem durfte er immer wieder frei laufen. Jetzt wollte er sich mit Kiska anlegen. Ein normal veranlagter Rüde spielt oder vergnügt sich mit einer Hündin, kämpft jedoch nie mit ihr. Dieser Macho war nicht normal. Der viel größere Hund setzte zum Angriff an, doch blitzschnell reagierte meine Mutter, legte ihn auf den Rücken und hielt, drohend knurrend, ihre Zähne an seine Kehle. Kiska hat ihm seine Lehre erteilt.

Wir sind jetzt schon über ein Jahr im Allgäu, inzwischen komplett eingerichtet, und haben uns gut eingelebt. Mush will endlich seinen Einstand feiern. Mit Hilfe von Musha und den Töchtern werden die Vorbereitungen getroffen. Die Scheune wird festlich hergerichtet und mit Tischen und Bänken versehen. Große Schinken- und Wurstplatten werden bestellt, Kuchen gebacken, Torten in Auftrag gegeben, Brezenlieferung geordert und der Vorraum zu einer Getränkeniederlassung umgewandelt.

Wir haben Jung und Alt des gesamten Weilers sowie einige Familien umliegender Höfe und Ortschaften zu Kaffee und Kuchen sowie späterem Abendessen eingeladen. Mehr als 50 Personen kommen und feiern. Auch unser Juristen-Nachbar spricht dem Weißbier zu und wir müssen keine Sorge haben, wegen Ruhestörung belangt zu werden.

Man hat Mush zuvor prophezeit, dass die Bauern nach dem Kaffee zur Stallarbeit gehen und keiner mehr wiederkehren wird. Weit gefehlt – trotz strömendem Regen finden sich am frühen Abend alle wieder ein und manche bleiben bis tief in die Nacht.

Zwei Tage später, jetzt bei strahlendem Sonnenschein, feiert Mush, hauptsächlich mit seiner Verwandtschaft, die von weither angereist kommt, einen runden Geburtstag. Nach dem obligatorischen Weißwurstfrühstück am nächsten Vormittag macht sich allmählich wieder der Alltag breit, doch sicher bleiben schöne Erinnerungen.

Training

Im Herbst kommt Mush auf die Idee, er muss uns trainieren und auch lernen, wenn es rechts und links geht. Also leiht er sich in München einen Trainingswagen, einen sogenannten Sacco-Car aus. Dieses Ding hat vier Räder, eine Art Deichsel und einen Sitz. Es werden zwei von meinen Schwestern eingespannt, da er diese für cleverer als mich hält.

Mush setzt sich auf den Sitz und sagt "go". Es wird ja immer erzählt, den Huskies liegt das Rennen und Ziehen im Blut. Aber hier tut sich gar nichts. Was heißt da go und warum ist man an ein solches komisches Ding festgebunden? Mush steigt ab und führt meine Schwestern ein paar Meter. Dann läuft er voraus, sie folgen ihm zögernd. Er setzt sich wieder auf das Ding und plärrt "go" und "lauf" und "bewegt euch, ihr Deppen". Damit kommt er aber keinen Meter weiter.

Es klingelt das Telefon, Mush muss ins Haus. Zuvor zieht er alle Bremsen des Wagens an. Hätte er sich sparen können. Als er zurückkommt, haben sich seine beiden Rennhunde niedergelegt und harren der Dinge, die da noch kommen sollen.

Er spannt aus und jetzt komme ich an die Reihe. Ich war aber noch nie ein Musterknabe und werde es auch nie. Warum soll es mit mir besser gehen? Mush schimpft und plärrt und zieht mich mitsamt Wagen kreuz und quer durch den großen Garten. Schließlich gibt er auf, spannt aus und stellt das komische Ding wieder in die Scheune.

Armer Mush, das hat dich wieder einmal eine Menge Nerven gekostet.

Mein erstes Wagenrennen

Im November werden Kiska, meine drei Schwestern und ich auf die Rücksitze von zwei PKWs verteilt, der schwere Trainingswagen auf dem stabilsten Dach festgezurrt und ab geht es nach Füssing. Dort soll am Wochenende ein Wagenrennen stattfinden. Wir sind bei sehr netten Leuten untergebracht, die Menschen im Hause, die Hunde am Stake-out auf einer Wiese nebenan.

Eine gute Stunde brauchen wir, dann ist die nagelneue Stake-out-Leine an einem Ende durchgebrochen. Das andere Ende hängt jedoch fest an einem Telegrafenmast. Wir kommen nicht weg. Was könnten wir doch alles erleben, wenn wir zu fünft, alle mit einer langen Leine verbunden, durch die Straßen des Kurortes stürmen würden.

Am nächsten Tag, einem Samstag, ist das erste Rennen. Schlittenhunde dürfen am Wochenende in der Regel immer zweimal laufen, am Samstag und am Sonntag. Wir werden vor den Wagen gespannt und zur vorgeschriebenen Zeit an den Start gebracht. Dort stehen wir regungslos und der Sprecher lobt das disziplinierte Gespann. Er weiss ja nicht, dass dies unser Renn-Einstand und alles neu für uns ist. Das Aufklicken der Bremse gibt uns automatisch die Freigabe zum Laufen. Dies haben wir aus dem Training übernommen.

Nun, das Laufen mit dem Wagen ist nicht jedem seine Sache. Wenn man nicht gerade Leithund ist, wird man fast immer total verdreckt. Auch der Musher hinten auf dem Wagen bekommt sein Teil ab. Meist sind diese Fahrten im späten Herbst, die Wege sind aufgeweicht und von tiefen Fahrspuren durchzogen. Pfützen sind die Regel, manchmal sind es auch tiefe Schlammlöcher.

Die Wegstrecke bei Füssing ist nicht ganz so schlimm, aber ziemlich langweilig. Wir tuen unsere Pflicht, mehr nicht und kommen ohne größere Verwicklungen oder Verirrungen in Zielnähe.

Beim Einlauf ist eine richtige Bahn abgeflaggt, rechts und links stehen viele Leute. Sie klatschen bei jedem, der einläuft, ihren Beifall, auch bei uns. Da fühlt sich Anuja, unsere Leithündin, angesprochen. Bei so viel Freundlichkeit kann man doch nicht einfach durchlaufen! Sie zieht das Gespann direkt an die Absperrungen, wedelt, lässt sich streicheln, leckt die Hände und zeigt ihre ganze Liebenswürdigkeit. Es gibt viel Gelächter und wir haben noch lange 20 Meter bis über die Ziellinie.

Trainingswagen und Schlitten

Die Hoffnung stirbt zuletzt. Mush glaubt daran, dass er uns doch noch zum Laufen bringt. Er bestellt im Elsaß einen Trainingswagen und im Schwarzwald einen Schlitten mit Zubehör – alles holt er selbst ab und lässt sich dabei einweisen. Es ist schon eine besondere Prozedur, den schweren Trainingswagen auf unseren PKW zu heben, zu befestigen und damit auch noch eine weite Strecke zu fahren. Aber alles geht gut.

Jetzt beginnt unsere Leidenszeit. Wir haben ja noch keine Praxis. Und unser selbsternannter Musher genauso wenig. Dazu hat er öfters schwache Nerven. In der Aufregung verwechselt er manchmal rechts mit links oder umgekehrt. Wie soll es da Anuja, die als Leithund bestimmt wird, besser machen? Aber seinen Ärger lässt er an ihr aus. Das ist ungerecht. Es ist ja oft der Fall, dass der Musher dümmer als seine Hunde ist. Bei geschickter Aufgabenverteilung, jeder macht das, was er am besten kann, fällt es kaum auf. Aber da hat unser Mush noch nicht den richtigen Durchblick.

Es ist Silvestertag, er ist grippegeschwächt, doch der Meinung, wir müssen noch laufen. Es liegt nur wenig Schnee, alles ist stark vereist. Ich habe die Ehre mit im Lead, also vorne, zu laufen.

Es geht einige Kilometer mit dem Schlitten und wenig Problemen durch die schöne Allgäuer Landschaft. Auf der Rückfahrt kommen wir an einem kleinen Weiler vorbei. Dieser Ort hat mich schon immer interessiert, jetzt ist der richtige Zeitpunkt, ihn zu erkunden.

Ich halte direkt darauf zu, doch mein Musher ist anderer Meinung. Seine Kommandos ignoriere ich. Heute ist er nur eine halbe Portion, heute bin ich der Stärkere.

Er bremst, steht auf der Zackenbremse. Ankern kann er bei dem hartgefrorenen Boden und der dünnen Schneedecke nicht. Also muss er auf seiner Zackenbremse stehen bleiben, kann nicht nach vorn kommen. Immer wieder rucke ich etwas an und meine Schwestern helfen kräftig mit. Ich will zu den Häusern, davon kann mich sein Schimpfen und Schreien nicht abhalten.

Schließlich gibt er entnervt die Bremse frei, wohl in der Hoffnung, doch noch auf seinen Kurs zu kommen. Weit gefehlt. Wir rasen in den Weiler, die Katzen stieben davon und die Hühner flattern aufgeregt durch die Gegend.

Da beginnt die schmale Straße, steil bergab, noch um eine Kurve und völlig schneefrei, doch vereist. Was soll's. Wir stürmen hinunter, die Bremse kann nicht greifen, der Schlitten schlingert, schleudert in die Kurve und kippt schließlich um.

Mush klammert sich daran und schleift mit. Nach etwa 150 m ist die Fahrt zu Ende. Unser Musher rappelt sich auf, fährt mit uns über eine schneebedeckte Wiese, nur weg von der Straße. Dort befestigt er den Schlitten mit dem dazugehörigen neuen Anbindeseil an einem stabilen Zaunpfosten. Die Mütze, die ihm seine Töchter aus Alaska mitgebracht haben, liegt noch auf der Straße. Er hinkt zurück, um sie zu holen.

Das ist für mich die Gelegenheit. Ein Rucken und Stemmen, alle helfen mit und das Seil reißt tatsächlich. Lautlos sausen wir davon. Es ist eine Wonne, mit leerem Schlitten, ohne Musher, wir fahren wohin wir wollen, rasen in eine unbekannte Weite.

Mush macht große Augen, als er zurückkommt. Er denkt zuerst, er hätte sich verlaufen. Aber da hängt ja noch der Rest des durchgerissenen Seils. Er folgt zunächst den Schlittenspuren bis zu einem befahrenen Weg. Hier verlieren sich alle weiteren Hinweise und er schleppt sich blutend , mit zerfetzten Kleidern und wehen Knochen die paar Kilometer nach Hause.

Seine Hoffnung, wir wären vor ihm angekommen, wird enttäuscht. Also setzt er sich in das Auto und sucht die Umgebung ab. Immer wieder geht er zu Fuß durch unfahrbares Gelände und ruft nach uns.

Es ist schon lange dunkel, als er uns endlich findet. Wir fuhren ja kreuz und quer durch ein Gelände, das wir früher noch nicht erkunden konnten. Ein- oder zweimal überqueren wir eine Straße, doch der Schlitten blieb schön auf seinen Kufen. Da kam ein Weidezaun mit Querlatten. Kein Problem für uns, unten durch.

Doch dann gab es einen scharfen Stop, wir kamen nicht mehr weiter. Der Schlitten war an den Querlatten hängen geblieben. Alles Rucken half nichts, der Zaun war stabil. Also legten wir uns nieder, irgend etwas wird schon passieren.

Es dauert lange, bis Mush endlich kommt. Fast wortlos spannt er uns aus, bringt uns zu seinem Auto und stopft uns alle auf einmal in den PKW. Den Schlitten lässt er einfach stehen. Er fährt uns nach Hause, sperrt uns in die Zwinger und fährt anschließend, wahrscheinlich mit seinen letzten Kraftreserven, in die Notaufnahme des Memminger Krankenhauses.

Mein erstes Schneerennen

Eigentlich wollen wir schon am ersten Wochenende des Jahres in Hüttschlag starten, aber da ist Mush noch nicht auf den Beinen. Das nächste Rennen in Werfenweng will er aber keinesfalls verpassen und so trifft er, noch recht wacklig, seine Vorbereitungen. Unser Nachbar mit den Schäferhunden leiht uns seinen Anhänger und damit sind wir fast optimal ausgerüstet. Ungewohnt ist es in diesen dunklen Käfigen, aber das Fahren macht müde und schließlich fühlt man sich wohl wie in einer geschützten Höhle.

Auf einem Bauernhof können wir Quartier nehmen. Hier wird auch der neue Benzinkocher für die Zubereitung unserer Suppe ausprobiert. Nach einigen Mühen klappt es.

Der nächste Tag steht uns für's Training zur Verfügung. Wir finden ein schönes Gelände, abseits des Trails. Es gibt da keine Spuren, aber das sind wir ja von unseren Spazierfahrten im Allgäu gewöhnt.

Am nächsten Tag vor dem Rennen gibt uns Hans noch ein paar Instruktionen und zeigt Mush, wie er uns beim Start heiß machen soll. Wir sind ziemlich verwundert über das plötzliche Kasperletheater hinten am Schlitten. Mush merkt, dass es nicht zu ihm passt, bei uns keine Veränderung bewirkt und findet sehr schnell zu seinem gewohnt ruhigen Rhythmus zurück.

Wir legen einen schnellen sauberen Start hin und sind in guter Fahrt unterwegs. Schon nach wenigen Minuten kommt der Trail im Bogen in die Nähe des Stake-out-Platzes zurück. Was ist überhaupt ein Trail? Eine gespurte, mehr oder weniger breite Bahn, die es den Hunden ermöglicht, auch mit Schlitten einen schnellen Galopp zu gehen. Wir kannten bis jetzt keinen Trail. Wir folgten schon mal Skispuren, am liebsten Wildspuren und auf dem Rückweg oft unserer eigenen Spur.

Jetzt hören wir schon ganz in der Nähe die anderen Hunde und wissen, da ist unser Standort. Also nichts wie links raus, dahin wo die Futterschüsseln stehen. Mush hat etwas dagegen, tut sich im Tiefschnee aber recht schwer, uns wieder auf die Spur zu bringen. Bis zum Ende des Rennens machen wir noch mehrere Ausflüge seitwärts des Trails und gestalten die Sache so recht abwechslungsreich.

Auch beim zweiten Rennen am Sonntag haben wir unseren Spaß, beenden es aber ordentlich. Wer fragt denn schon nach der Platzierung, dabei sein und durchkommen ist alles.

Bei Hans im Gespann läuft Rusky, mein Vater. Der Musher ist aber gar nicht so recht mit ihm zufrieden. Er macht ihm nach den Rennen einen noch zu ausgeruhten Eindruck. Dabei wäre aber während des Rennens die Tugleine nie durchgehangen. Kraft und Ausdauer oder nur Schlauheit?

Erste Nordlandreise

Im März soll es auf eine große Reise in den Norden gehen. Schon im Herbst bekommen wir in einer Tierarztpraxis Blut abgenommen, welches zur Bestimmung des Tollwut-Titers an ein Institut eingeschickt wird. Es ist viel Formularkram zu erledigen. Einige Tage vor Abreise müssen wir uns alle noch in der Kreisstadt Mindelheim dem zuständigen Amtstierarzt vorstellen. Er schaut persönlich zu, dass wir die Wurmtabletten vollständig einnehmen, ehe er unseren Papieren den letzten Stempel verpasst.

Mush hat sich einen reichlich großen Anhänger mit Boxen für 12 Hunde ausgeliehen. Da können wir fünf unsere Einzelzimmer aussuchen und es bleibt noch viel Stauraum übrig. Siggi hat uns eine Adresse in Lillholmsjö, etwas nördlich von Östersund in Schweden empfohlen.

Ab geht es mit viel Zuversicht, aber wenig Erfahrung. Wir durchqueren ganz Deutschland vom Allgäu bis nach Flensburg und anschließend ganz Dänemark bis Frederikshafen. Auf der Fähre müssen wir in den Boxen bleiben, was uns wenig ausmacht, denn zuvor hatten wir unsere Pause.

In Göteborg passieren wir ohne Anstände die Zollkontrolle. Jetzt haben wir etwa die Hälfte der Strecke und weiter geht es durch das schöne Schweden mit seinen sauberen Rastplätzen. Alle paar Stunden wird angehalten und wir dürfen uns die Füße vertreten und das Notwendige erledigen.

Zum Schlafen in der Nacht haben wir das bessere Los. Mush und Musha haben es auf ihren PKW-Liegesitzen nicht besonders bequem.

In Lillholmsjö nimmt uns Nils-Erik sehr freundlich in Empfang und lässt Mush eine Hütte auswählen. Es sind nur wenige Gäste da.

Direkt ab Standort ist ein wunderschöner, breiter Trail durch die nordische Landschaft gezogen. Er verläuft in einem großen ovalen Rund und durch drei in Abstand verlegte Verbindungswege kan man sich die Länge der Fahrstrecke selbst auswählen. Der Trail wird jeden Tag neu gespurt, hat keine zu steilen Anstiege und so ist er auch für uns Hunde ohne größere Anstrengung zu laufen. Musher, Doghandlerin und Hunde verbringen schöne und erholsame Tage in Lillholmsjö.

Doch Mush hat ja weiter nördlich noch eine Verabredung. Also ruft er circa Mitte März bei Martin an, um die genaue Ankunftszeit zu fixieren. Dieser ist heilfroh, von uns zu hören. Er habe schon laufend versucht, Mush oder Musha im Allgäu oder München zu erreichen, um zu sagen, dass bei ihm in Norrbränna kein Schnee liegt. Er macht den Vorschlag, mit uns ins Ammarfjället zu fahren, dort habe es genug von dem Weiß.

Mush ist sofort einverstanden. Wir sagen Nils-Erik adieu und fahren noch etwa 300 km nordwärts. Bei Martin und Gabi sind wir gut untergebracht, sie sorgen sich um alles und treffen die Vorbereitungen für die anstehende Gebirgstour.

Ammarnäs – Dalavardo

Am Ende der fahrbaren Straße liegt der kleine Gebirgsort Ammarnäs. Schon seit dem 17. Jahrhundert ist es Kirchdorf der Samen, in neuerer Zeit oft Ausgangspunkt für Skitouren, Abfahrten und Wanderungen. Der circa 500 km lange Kungsleden führt direkt durch das Dorf.

Am Rand von Ammarnäs wohnt ein Musherfreund von Martin. Hier können unsere Betreuer die Fahrzeuge abstellen und die Schlitten beladen. Eine Kaffeepause bei unserem Gastgeber darf nicht fehlen. In dessen Wohnung tummeln sich Katzen, zwei Hunde, ein Huhn und eine kleine Ziege. Alles recht harmonisch und ordentlich.

Schließlich werden wir in Position gebracht. Martin, der Guide, hat die größte Last und fährt mit neun Hunden. Musha bekommt von ihm einen Schlitten mit vier Hunden. Mush fährt sein eigenes Gespann mit Kiska, Aleska, Anuja, Askia und mir, Anuk.

Alle Vierbeiner sind aufgeregt, können kaum den Start abwarten. Die Musher beeilen sich, kommen nacheinander ohne Probleme in Fahrt. Gleich geht es über einen See, dann auf den langen Ziehweg, der später in einen schmalen Trail mündet, immer dem oberen Vindelälven entlang. Der Fluß liegt mal näher, mal weiter entfernt, wie die Landschaft eben den besten Durchlass für den Trail bietet. Das ist unsere Welt. Wir fühlen uns wohl und die Menschen, die wir mit ihrem Gepäck ziehen, offensichtlich auch.

Nach etwa 30 km kommen wir zu einer Hütte nahe dem Fluß. Es gibt ein geschütztes Stake-out-Gelände. Mush hat sogar Stroh als Unterlage für uns dabei. Die Fütterung folgt und die Menschen machen es sich anschließend in der Hütte bequem.

Am nächsten Morgen eines teils bewölkten, teils sonnigen Tages sind wir voll Freude und Tatendrang, als wir eingespannt sind und es endlich weiter geht. Wir laufen in einem Stück durch bis zur Dalavardo, etwa 30 km. Bei einigen Übergängen und Schrägfahrten ist es Musha nicht ganz wohl und Mush muss einmal seinen umgestürzten Schlitten wieder auf die Kufen bringen. Von ernsthaften Problemen bleiben wir jedoch verschont.

In der Dalavardo, einer größeren Hütte, nächtigt auch eine Ski-Abteilung des schwedischen Militärs. Unsere drei Musher ziehen in ein kleines Nebenhaus, direkt neben dem Stake-out. Martin macht sich gleich an das Schnee schmelzen, eine langwierige Beschäftigung für achtzehn Hunde und drei Menschen. Erst viel später fällt es Mush auf, dass immer wieder Leute mit Gefäßen an der kleinen Hütte vorbei gehen. Wir folgen ihren Spuren und tatsächlich, es gibt eine Wasserstelle. Weiteres Schnee-schmelzen entfällt.

In der Nacht darf unsere Hundemutter Kiska in die Hütte. Es folgt noch ein verwöhnter Zögling von Martin. Er selbst nimmt etwas später seinen Schlafsack und legt sich draußen zu seinen Hunden in den Schnee. Eines seiner Mädchen kann nicht ohne ihn sein und hat dies auch lautstark zum Ausdruck gebracht. Mush und Musha staunen nicht schlecht, als sie am frühen Morgen auf Martins Lager seinen Haushund, wohlig ausgestreckt, entdecken und sein Herr verfroren vom Stake-out zum Frühstück kommt.

Heute unternehmen wir ohne Gepäck eine Tour weiter in das Gebirge hinein. Wir Hunde freuen uns, die Menschen sind wohl etwas nervös. Jedenfalls war Musha bei dem Start noch nicht richtig auf den Kufen und wollte sich an der Laufleine festhalten. Diese gleitet ihr durch die Hand und der am Ende befestigte Karabiner schlägt ihr schmerzhaft gegen Knöchel und Finger.

Die Hunde sind mit dem Schlitten weg, laufen aber bei Martin auf, der schon gestartet ist und weiter oben wartet. Musha steigt bei Mush auf den Schlitten und wir ziehen die beiden nach. Alle drei Gespanne sind wieder vereint, doch die Hand sieht schlimm aus. Was tun? Da sagt Mush zu meiner Verwunderung in Husky-Manier "die Schmerzen hast du jetzt so oder so, komm, wir fahren". In solchen Fällen muss man einfach durch.

Die Fahrt ist für alle, abgesehen von Musha, ein herrliches Erlebnis. Es ist ein sonniger Tag, wir sind hoch über der Baumgrenze, haben eine weite Sicht, ohne auch nur ein Haus, ein Lebewesen oder eine Markierung zu sehen. Wir sind für kurze Zeit allein auf der Welt.

Der Schnee ist windgepresst und so haben wir auch keine Mühe, die unbeladenen Schlitten zu ziehen. Nur anfangs gibt es, außer der Handverletzung, noch ein Problem. Die Leithündin von Martin weigert sich, einen ersten steilen Hang hoch zu gehen. Immer wieder dreht sie ab. Martin ist ratlos, sie tut ja alles, nur wenn sie läufig oder trächtig ist, folgt sie nicht immer. Sie ist trächtig, was aber zu diesem Zeitpunkt noch keiner wusste. Neun hübsche, gesunde Huskies vermehrten wenige Wochen später das Rudel. Den Hang haben wir schließlich doch geschafft.

Wir traben durch die Stille, durch die Unendlichkeit, winzig klein und doch das einzigste sichtbare Leben in der Wahrnehmung. Hinten von unserem Schlitten kommen ungewohnte Töne, kein Loben, Schimpfen, Schreien. Wir drehen die Köpfe, unser Musher versucht sich im Singen. Er ist glücklich. Später hat er schon mal gesagt, dass diese Ausfahrt bestimmend war, auch sein weiteres Leben mit uns Huskies und der Natur zu teilen.

In der Hütte wird die wunde Hand von Musha gekühlt und ein Plan geschmiedet, wie die Verletzte die 50 km bis nach Ammarnäs gebracht werden kann. Martin will einen Schlitten und Teile des Gepäcks zurücklassen und Musha mit einem der übrigen Schlitten ins Tal bringen. Doch Musha entscheidet, dass sie selbst fahren wird. Am nächsten Tag beißt sie die Zähne zusammen und schafft es tatsächlich, die nicht gerade einfache Strecke selbst mit ihren vier Hunden durchzufahren.

Ammarnäs ist ein kleiner Skiort. Das medizinische System funktioniert so, dass während der Saison nach einem bestimmten Plan jeweils ein Arzt in eine entfernte Region zum Skilaufen gehen darf. Er hat jedoch die Verpflichtung, sich um die Erstversorgung von Verletzten zu kümmern.

Die Ambulanz in Ammarnäs ist eine winzig kleine Hütte mit einem einzigen Raum. Musha bekommt einen riesigen Verband, der mächtig Eindruck macht und die Auflage, sich nach Sorsele, 90 km weiter, zum dortigen Krankenhaus zu begeben. Noch am gleichen Abend werden wir Hunde und die Schlitten verladen und per Auto geht es zum Campingplatz nach Sorsele.

Schon früh am nächsten Morgen sind Mush und Musha im Krankenhaus. Die Hand wird untersucht und geröntgt. Ein Röntgengerät ist vorhanden, doch die Platten müssen zum Entwickeln nach Umeå, 285 km südöstlich, geschickt werden.

Wir sind schon eine ganze Weile wieder in Deutschland, als das Ergebnis zusammen mit der Rechnung per Post zugestellt wird.

Sommerfahrten

Wir Huskies unterscheiden zwei Jahreszeiten mit Winter und Sommer. Im Winter ist immer viel los. Man braucht uns für die Rennen oder Touren, wir bekommen kräftigeres Futter und werden bei Schnelligkeits- und Ausdauertraining vor Schlitten oder Wagen viel bewegt.

Im Sommer geht es ruhiger zu. Manchmal eine Trainingsfahrt mit dem Wagen, selten mit dem Fahrrad und schon gar nicht ohne Leine. Dabei ist der Sommer so lang und wohl deshalb hat Mush immer einige Abwechslungen eingeplant.

Fast jedes Jahr geht es zur Ostertour ins Taubertal. Einige Musher aus der dortigen Gegend planen machbare Tagestouren durch das Gelände, wozu auch die Erlaubnis der Förster und Bauern erforderlich ist. Sie finden meist auch einen abgelegenen Lagerplatz für Wohnwagen, Zelt und Stake-out, bei dem es etwas laut sein darf. Und nicht nur wegen der Hunde.

Bei den Temperaturen zu Osten sind wir noch einigermaßen lauffreudig. Ziehen unter Belastung bei zu warmen Wetter ist nichts für einen Husky. Wir rennen los wie immer, überhitzen und das kann schon mal zu einem Kollaps führen. Ist ein sonniger Tag und wenig Schatten auf der Strecke zu erwarten, starten wir schon zeitig am Morgen. Bald sind wir dann zurück und haben für den restlichen Tag viel Zeit und Ruhe. Wir dösen an der Kette oder in den Boxen, die Musher erzählen ihre Räubergeschichten und schlappern ihr Bier.

In meiner Jugend sind wir regelmäßig zur Sonnwendfeier auf den Berg bei Hinterglemm gewandert. Anfangs sammeln die Musher noch Holz. Mush bündelt es, hängt einzelne Stöße an unsere Geschirre und wir müssen es zum Sammelplatz auf der Bergspitze ziehen. In späteren Jahren ist dort aber ein Holzstoß vorbereitet und unsere Zieharbeit entfällt.

Bei Einbruch der Dunkelheit versammeln sich die Musher und andere Leute um den Holzstoß und dieser wird angezündet. Ein Pfarrer hält die Ansprache. Auf vielen Bergspitzen in weitem Umkreis brennen Feuer, sogar ein gezackter Berggrat erstrahlt in hellem Licht. Alles ist sehr feierlich und auch wir verschieben unseren Abendgesang auf einen etwas späteren Zeitpunkt.

Bei einer dieser Sonnwendfeiern lernen wir Hubert mit seinem Aslac kennen. Die beiden Musher sprechen darüber, dass es doch toll wäre, einen eigenen Treff zu arrangieren. Tatsächlich, nach gut einem Jahr kommt der erste Donau-Treff zustande. Wir campieren am Haderfleck, einer idyllischen Halbinsel auf der linken Donauseite. Das erste Mal kommen nur wenige Menschen und kaum ein Dutzend Hunde zusammen.

Am Ufer gibt es einen Pfad, der noch mit dem Hundegespann zu befahren ist. Unter kundiger Leitung von Hubert und seinem Gespann durchstreifen wir die Gegend, kommen zu einer Anhöhe hoch über der Donau mit herrlichem Ausblick auf das gegenüberliegende Kloster Weltenburg oder auch auf Wegen durch stattlichen Buchen- und Eichenwald zur romantischen Altmühl. Dort steht auch das Denkmal eines Soldaten, der zu den wenigen zählte, die aus dem unglücksseeligen, napoleonischen Russland-Feldzug heimgekehrt sind.

Am Haderfleck lernt Anja, die Tochter von Mush, ihren Uwe mit seinen Grönlandhunden kennen. Bald sind sie ein Paar. Ihre erste Tochter Steffi erblickt nur fünf Wochen nach den Welpen meiner Schwester Askia das Licht der Welt.

Askia hält ihre Kleinen peinlichst sauber und braucht dafür weder warmes Wasser, Windeln, Creme oder Öl. Doch alle ihre gezeigten, wohlgemeinten Ratschläge werden von der Menschenmutter nicht angenommen.

Es braucht seine Zeit, bis aus dem Baby ein Kleinkind wird und endlich mit mir spielen kann. Manchmal benutzt sie mich als Kopfkissen oder sie will auf mir reiten. Sehr achtgeben muss ich, wenn sie mit ihren noch kurzen Beinchen losrennt. Da darf die Leine nicht zu straff und nicht zu locker sein. Denn wenn sie stolpert und fällt gibt es ein fürchterliches Gebrüll und daran will ich keinesfalls schuld sein.

Zu dem Donautreff kommen mit den Jahren immer mehr Musherfamilien mit ihren Hunden. Ein neuer Standort wird am Sportflugplatz festgelegt. Der Flugbetrieb endet meist Mitte Oktober, ein Zelt wird aufgestellt und ein großer Feuerplatz hergerichtet. Für unser Stake-out wie auch für die Wohnmobile und Anhänger gibt es reichlich Platz. Unsere Ausfahrten führen oft über geschichtsträchtigen Boden, vorbei an Hadriansäule und den Wällen, Türmen und Befestigungen aus der Römerzeit.

Eine Tour führt uns entlang der Donau aufwärts bis zur Marchinger Brücke. Hier müssen wir den Fluß überqueren. Der Fußgänger-Überweg ist von der Fahrstraße durch eine Eisenkonstruktion abgetrennt. An den Enden ist dieses Geländer so bogenförmig in den

Boden versenkt. Wir biegen zur Brücke ein, die Leader laufen zur Straßenseite. Mush lenkt den Wagen jedoch nach innen und schon sitzt dieser oben auf der Abtrennung. Ein seltsames Bild! Scheuer Umblick, keiner der Freunde ist in der Nähe und sieht das Malheur. Zum Schimpfen bleibt wenig Zeit, denn das Ding muss ja wieder runter. Und das trotz und mit vorgespannten Hunden, die einfach nur weiter wollen. Irgendwie gelingt es. Ohne weitere Zwischenfälle überqueren wir die Brücke und traben auf der anderen Flussseite donauabwärts.

Bei Eining gibt es eine Fähre, die uns wieder über den Fluss bringen wird. Das ist eine Premiere, für den Fährmann wie auch für uns. Die Musher sind aufgeregt und sehr gespannt, wie sich ihre Hunde verhalten werden. Aber so etwas kann doch keinen Husky aufregen. Wir verlassen den festen Boden, traben über die Planken und nehmen eingespannt unseren Standort ein. Die Überfahrt verläuft ruhig und am anderen Flussrand verlassen wir geordnet das leicht schwankende Gefährt. Duch die Flussniederungen geht es anschließend unserer wohlverdienten Abendmahlzeit entgegen.

Einmal fahren wir mit dem Wagen etwa 40 – 50 km quer durch fast das gesamte Unterallgäu. Da gibt es Siedlungen, Eisenbahnlinien, Straßen und Wege, Bäche und Kanäle. Es braucht schon eine gute Vorbereitung, um die richtige und auch mögliche Route zu finden. Und trotzdem gibt es immer wieder Überraschungen. Es macht uns Spaß, doch sicher nicht dem Musher, ein Dorf voller Katzen zu durchfahren. Auch wenn man unvermutet vor einem Kanal steht, weit und breit keinen Übergang findet. In einem Waldstück geraten wir in eine Treibjagd, der wir aber unverletzt entkommen. Wir erreichen unser Ziel in

Weinried. Den Heimweg, noch am selben Abend, treten wir in einem Lieferwagen an.

Fahrt nach Norrbränna

Ich glaube, es geht auf große Fahrt. Mush ist am Richten und Packen, immer in Eile und leicht nervös. Vor ein paar Tagen waren wir auch beim Amtstierarzt, der wieder genau aufpasst, dass wir alle unsere Tabletten gegen Wurmbefall schlucken.

Mush hat im vergangenen Herbst ein gebrauchtes, doch sehr gut erhaltenes Wohmobil gekauft. Im Innenraum, über die gesamte Breite der Rückseite werden zwei Doppelboxen und zwei einfache Boxen eingebaut. Reichlich Platz für alle Hunde und noch freier Stauraum. Der übrige Komfort mit Küche, Wohn- und Schlafbereich, Waschraum und Toilette ist hierdurch nicht eingeschränkt. Die Schlitten kommen auf das Dach.

Jetzt wollen wir damit auf große Reise gehen. Mush fährt mit dem Mobil über die Rasenfläche zu unserem Zwinger. Wir kommen alle in unsere Innenboxen und ab geht es. Haben wir gedacht. Auf dem feuchten Rasen, dem weichen Untergrund und jetzt unserem zusätzlichen Gewicht geht nichts mehr. Also alle wieder in den Zwinger, was gar nicht so einfach ist und auf völliges Unverständnis stößt. Dann legt Mush Planen, Decken und Bretter unter, versucht immer wieder anzufahren, aber alles hilft nichts. Schließlich muss Heini, der Nachbar, mit dem Traktor unser Gefährt herausziehen. Wir werden verladen, als das Mobil auf festem Grund steht.

Mit meiner Schwester Askia teile ich die obere Doppelbox. Durch ein großes Fenster können wir die Gegend betrachten und ein Gitter gibt uns den Blick nach vorn in den Wagen und zum Fahrer frei. Ich liebe meine Box. Sie ist gut mit Stroh ausgepolstert, richtig in der

Größe und bietet Behaglichkeit. Wir passen auch sehr darauf auf, dass immer alles sauber bleibt. Alle paar Stunden macht Mush eine Pause und wir dürfen uns draußen bewegen.

Auf den deutschen Autobahnen geht es schnell und meist ohne Geholper dahin. Wir können gerade so mit den LKWs mithalten und fahren gleichmäßig unser Tempo auf der rechten Seite. Nur in den Kasseler Bergen wird es nervig, da sind wir mit unseren 72 PS klar untermotorisiert. Ein Problem sind die Rastplätze in Deuschland. Mush sagt, die kann man keinem Hund zumuten. Etwas abseits tritt man überall in Kot, aber nicht von Hunden, und alle möglichen Abfälle liegen herum. Unsere Hinterlassenschaften werden immer säuberlich eingesammelt und in den Müllsack gegeben.

So verlassen wir zum Füttern oder für etwas längere Pausen meist die Autobahn und parken, wo wir niemanden stören. Mush macht das Stake-out, denn frei dürfen wir nie herumspringen. Im Waldboden können wir aber schön buddeln und vor dem Einsteigen gehen Mush und Musha mit jedem von uns noch ein paar Minuten spazieren. Das sind die schönsten Momente, überall herumzuschnüffeln und die eigene Nachricht zu hinterlassen. Es kostet zwar Zeit, dafür sind wir aber die nächsten Stunden oder auch die ganze Nacht mucksmäuschenstill in unseren Boxen.

Mush hält fast immer seine Nachtruhe ein, meist so ab 24 Uhr bis etwa 6 Uhr morgens. Dafür kommt er auch stets ausgeschlafen am Zielort oder zu Hause an und kann sofort die vielen Dinge anpacken, die jedesmal auf ihn warten.

In München holen wir noch Musha ab, dann geht es weiter, immer Richtung Norden. Vor Hamburg wird übernachtet, im Holsteinischen gefrühstückt, ein Bauer lädt uns auf seinen Hof ein. In Flensburg passieren wir die deutsch-dänische Grenze und fahren nur mit einer kurzen Pause durch ganz Jütland bis nach Frederikshavn. Dort wartet unsere Fähre. Wir müssen in unseren Boxen bleiben, kein Problem bei einer Überfahrtsdauer von ca. 6 Stunden. In Göteborg kommen wir anstandslos durch die schwedische Einfuhrkontrolle. Jetzt haben wir etwa die Hälfte unseres Weges.

In einem ruhigeren Tempo geht es weiter, meist auf Landstraßen, selten Autobahnen. Trotzdem gibt es immer wieder saubere Rastplätze mit geheizten Dusch- und Toilettenräumen für die Menschen. Der Weg ist das Ziel, was spielt es für eine Rolle, ob wir ein paar Stunden früher oder später ankommen.

Wir fahren durch eine herrliche Landschaft. Malerische Bauernhöfe in der typisch schwedischen Eigenart mit mehreren Gebäuden, jedes für eine bestimmte Nutzung. Alle gut gepflegt und selbst die verlassenen alten Höfe strahlen noch einen herben Reiz aus. Die oft hügelige Landschaft ist abwechslungsreich, meist offen mit kleinen Baumgruppen, Ansammlungen von Felsblöcken, Weidegründen, verschneiten Wiesen und Feldern. Dann kommen wieder endlose Wälder und wer zählt die vielen kleinen und großen Seen, die Moore, die Flüsse und Ströme, oft noch mit Eis bedeckt. Hin und wieder eine kleine Ortschaft oder ein Städtchen mit etwas Leben.

Die Tankstellen muss man mit der Tankuhr in Einklang bringen, denn oft sind die Abstände zwischen ihnen sehr beträchtlich und viele schließen schon zeitig am Abend.

Auf die automatischen Zapfsäulen sollte man sich nicht unbedingt verlassen.

Weiter oben im Norden werden im Winter viele Rastplätze nicht vom Schnee freigeräumt, weil sie ja um diese Jahreszeit kaum gebraucht werden. Aber jede größere Ortschaft hat ein Konsum- oder ICA-Geschäft mit freigeräumtem, beleuchtetem Parkplatz. Ideale Übernachtungsplätze für Wohnmobile mit ruhigen Hunden. Hier kann man auch das Stake-out einrichten, füttern und ein paar Runden gehen. Morgens zu den Öffnungszeiten ist der Standplatz sauber geräumt und längst wieder verlassen.

Jede Fahrt geht einmal zu Ende und an einem sonnigen Vormittag trudeln wir in Norrbränna ein. Martin und Gabi erwarten uns, genügend Platz für Mobil und Hunde ist freigeschaufelt und das neue Gastzimmer für Mush und Musha geheizt und eingerichtet.

Nach dem Essen wird eine Runde gefahren. Wir freuen uns alle darauf, endlich loszustürmen. Martin fährt mit seinen Hunden voraus, bleibt aber mindestens 10 km auf seiner Bremsmatte stehen. Wir kommen nicht vorbei, kennen auch nicht den Weg. Also werden wir auch gebremst, was weder uns noch Mush gefällt. Erst zwei oder drei km vor unserem Quartier geht Martin von der Bremse und ist mit seinen trainierten Hunden auch bald verschwunden.

Bei der Ankunft erklärt er uns, dass so für das Iditarod-Rennen in Alaska trainiert wird. Mush macht ihm klar, dass wir für kein Übersee-Rennen trainieren, da wir schon gar nicht dahin fahren. Wir möchten einfach nur Erlebnisse und Freude beim Schlittenfahren haben.

In diesem Winter hat es in Norrbränna genügend Schnee. Mush will aber nicht in den Niederungen des Vindelälven herumgurken, er will ins Fjäll. Martin ist damit einverstanden, wenn wir den anderen Gästen nichts davon erzählen. Es soll eine Ausnahme bleiben.

Übers Björkfjäll nach Bäverholmen

Am nächsten Vormittag wird alles für die Gebirgstour gerichtet. Es ist sonnig, nicht kalt. Mit zwei Autos, achtzehn Hunden, drei Schlitten setzen wir uns schließlich in Richtung Ammarnäs in Bewegung.

Bei unserem alten Musherfreund werden die Autos abgestellt, die Schlitten gepackt und die Hunde eingespannt. Ein kurzer, schmaler Weg führt zu dem breiten, vereisten Flussarm, den wir in vollem Galopp überqueren. Der lange Ziehweg entlang dem Vindelälven schließt sich an. Nach einer guten halben Stunde führt eine schmale Spur, kenntlich durch Skoterkreuze, rechts ab. Der Aufstieg ins Björkfjäll beginnt.

Ein kalter Wind begleitet uns. Bald sind wir über der Baumgrenze und der Wind wird zum eisigen Sturm. Obwohl erst nachmittags verdunkelt sich alles, nur Umrisse sind noch erkennbar. Nur stoßweise kommen wir in den wirbelnden Eissplittern den steilen Berghang hinauf.

Ich gebe als Wheeldog neben Aleska mein Bestes. Vor mir läuft Askia, zusammen mit Nikki, von Martin ausgeliehen. Mutter Kiska durfte bei dieser Reise zu Hause bleiben. Sie hat sich doch zu sehr an die Annehmlichkeiten eines Haushundes gewöhnt.

An der Spitze läuft als Leader unsere kleine Anuja. Sie hat es am schwersten, ist im Augenblick wegen beginnender Läufigkeit auch nicht in bester Verfassung. Anuja hält sich aber tapfer, verliert nie den Anschluss. Sie läuft immer dicht zum Vorschlitten auf, um dort bei den vielen Stopps ein klein wenig Windschutz zu haben.

Mit einer derart kurzfristigen Wetterumstellung hat niemand gerechnet. Bei angenehmen Temperaturen sind wir losgezogen. Für uns Hunde ist das ja gleich, wir tragen immer denselben Pelz. Aber unsere Musher hätten sich bestimmt etwas besser eingekleidet.

Mush hätte so dringend ein Paar festere Handschuhe gebraucht. Es lagen auch welche obenauf im Schlittensack. Diesen durfte er aber unter keinen Umständen öffnen. Mit dem Schlittenkauf besorgte er sich auch die Ausrüstung und übernahm die empfohlene vorteilhafte Neuerung eines Schlittensacks ohne Reissverschluss. Die Enden der Öffnung werden übereinandergeschlagen und mit drei Bändern gesichert. Hätte Mush auch nur eines der Bänder gelöst, wäre bei diesem Sturm binnen drei Sekunden seine gesamte Ausrüstung verloren, buchstäblich vom Winde verweht.

Wenn man in einem solchen Unwetter steckt und das Ende des Aufstiegs ist abzusehen, dann muss man durch. Es macht keinen Sinn, sich jetzt in den ungeschützten steilen Hang einzugraben. So zerren und ziehen wir die Schlitten Meter für Meter weiter. Die stapfenden Musher keuchen, ringen nach Luft und versuchen, uns mit schieben zu unterstützen.

Irgendwann sind wir doch auf dem Kamm, es weht uns fast davon. Schnell weiter, der markierte Weg führt auf der anderen Bergseite um ein Felsmassiv herum auf die dem Sturm abgewandte Seite. Es wird wieder hell, der Sturm wird zum Wind und wir sind nicht mehr Spielball der Gewalten. Die Schinderei hat ein Ende. Es geht abwärts und ein Richtungsweiser zeigt nur noch wenige Kilometer bis zur Sjnjultje-Stuga an.

Dort angekommen, wieder im Baumbereich, gibt es einen schönen, windgeschützten Stake-out-Platz. Unsere Musher verziehen sich in die Hütte und haben dort gute Gelegenheit, uns das fast immer gleichbleibende Abendmenü aus Fertigfutter zuzubereiten. Aber es schmeckt und heute haben wir es bestimmt auch verdient.

Am nächsten Morgen geht es frohgemut und mit frischen Kräften weiter. Es hat geschneit, die Auflage ist aber locker und wir kommen gut voran. Es geht über eine weite, abwechslungsreiche Hochebene mit dem typischen nordischen Fjällbewuchs. Wir haben kleine Anstiege und Abfahrten, kommen über meist gefrorene Bäche, tangieren hin und wieder einen See und galoppieren schließlich auf einer langen Abfahrt durch Hochwald ins Tal.

Bald sind wir am Laisälven und sehen auch schon das große und die kleinen Holzhäuser von Bäverholmen. Es ist in diesem Gebiet der letzte bewohnte Platz in Richtung norwegische Grenze, zu der es aber immerhin noch etwa 70 km sind.

Von Arnold und Lisa, den einzigen Bewohnern dieser abgelegenen Stätte, werden wir freundlich empfangen. Arnold, um die 70 Jahre alt, wurde hier geboren. Er verrichtet noch alle Arbeiten, ist schnell und wendig, kennt sich aus. Schon in seiner Jugend hat er wetterfeste Professoren der Ornithologie zu den Brutplätzen seltener Vögel gebracht. Er kann aber auch Dinge für sich behalten. So hat er bis heute noch nicht den Adlerhorst an die Samen verraten. Denn diese vernichten erbarmungslos alles, was ihren Rentieren gefährlich werden kann.

Lisa, seine sympathische Frau, eine gute Köchin, setzt sich in ihrer freien Zeit am liebsten auf das Schneemobil und fährt allein zu einem der umliegenden Seen zum Eisangeln.

Unsere Musher ziehen in eine gemütliche Hütte und wir in deren Nähe an das Stake-Out. Es ist erst Mittag, wir haben genug Zeit zum Ruhen und die Menschen können ihre Vorbereitungen für die nächsten Etappen treffen. Sie bestehen unter anderem auch darin, dass sie drei große Holzbündel in die Schlitten packen. Das hatten wir bis jetzt noch nicht.

Zur Nasa

Früh am Morgen werden wir eingespannt, wir brennen schon vor Eifer und Aufregung. Nach kurzer Fahrt sind wir auf der Eisstraße des Laisälven. Wie üblich galoppieren wir erst einmal eine ganze Weile, um dann in unseren dauerhaften Trab zu fallen. Ja, die Straßen des Nordens. Wo kämen wir hin, wenn wir nicht die zugefrorenen Flüsse und Seen als unsere Wege benutzen könnten. Auch haben wir das Glück, dass in den letzten Tagen schon Schneemobile gefahren und deren Spuren nur leicht verweht sind. Aber aufpassen muss man trotzdem. Es gibt immer wieder offene Stellen, Eisverschiebungen oder Bacheinmündungen mit nur dünner Eisdecke, die umfahren werden müssen.

Bald passieren wir die Kattugglekojan, eine einfache Hütte mit Tisch, Bänken und einer Feuerstelle. Die Blassastugan ist schon eine Hütte mit etwas mehr Komfort. Dann ist irgendwo noch eine Jagdhütte, sonst nichts, pure Natur. Nach einigen Stunden haben wir noch eine größere Umfahrung, kommen zurück zum Fluss. Jetzt die Abfahrt nicht verpassen und dann steht sie plötzlich vor uns, die Laisstugan.

Eine windfeste, gemütliche Hütte mit großem Wohnbereich und zwei Schlafräumen für die Musher. Unsere Schlafstätte ist allerdings neben dem Holzschuppen, wo sich im weichen Neuschnee jeder eine geschützte Mulde ausbuddeln kann.

Der Ofen wird angemacht, Mush schleppt Schnee und Martin ist damit beschäftigt, ihn zu schmelzen. Für 18 Hunde genügend Wasser anzureichern ist ein ganz schöner Aufwand. Ein Topf wird mit Schnee vollgepresst und auf den heißen Ofen gestellt. Dies ergibt aber nur eine kleine Menge Wasser und so muss laufend weiterer Schnee zugegeben werden. Martin fährt hauptsächlich mit Alaskan Huskies und legt Wert darauf, dass sie viel zu saufen bekommen.

Am Abend wird es doch empfindlich kalt. Das Thermometer an der Hütte zeigt – 35 Grad Celsius. Einen kleinen Nachteil hat die Stuga beziehungsweise das Plumpsklo neben dem Holzschuppen. Der tiefgefrorene Kegel steigt bereits über den Rand der Sitzfläche. Über ein solches Problem können wir Hunde ja nur lachen.

Martin hat soviel Schnee geschmolzen, dass wir am nächsten Morgen noch alle unsere Suppe bekommen. Dann geht es weiter, aber nicht mehr auf dem Fluß, sondern rechts davon, in unserer Richtung gesehen. Schon sehr bald sind wir oberhalb der Baumgrenze. Jetzt ist alles nur noch weiß. Der Fluss, eigentlich ist es nur noch ein Bach, ist weitgehend zugeschneit.

In einiger Entfernung passieren wir die Siergasuolokatan, eine Samenhütte. Eine gute Stunde später, das Zeitgefühl verliert sich unter unserem gleichmäßigen Trab, ragt aus der Schneelandschaft ein eiserner Brückenbogen. Man glaubt an eine Fata Morgana, so unwirklich und um diese Jahreszeit auch absolut unnötig ist dieses Gebilde. Es wird jedoch im Sommer schon seine Berechtigung haben.

Der bisher leichte, aber stetige Anstieg geht in einen Steilhang über. Musha hat zu kämpfen, schafft es fast nicht mehr. Auch Martin hat seine Schwierigkeiten. Mush tauscht mit Musha den Schlitten, also wir, seine Hunde, sind jetzt ihr Gespann. Und wie im Fahrstuhl schwebt

Musha hinter uns den Hang hinauf. Jetzt können wir endlich einmal unsere Kraft ausspielen. Im flachen Gelände konnten wir nie mit den Alaskans mithalten, die haben einfach eine andere Übersetzung. Der Hang geht in die Passhöhe über, noch eine kurze Abfahrt und wir sind an der kleinen windschiefen Hütte, unserem Ziel, angekommen.

Die Nasa liegt direkt am Grenzübergang zu Norwegen, nur etwa 8 km südlich des Polarkreises. Im 17. Jahrhundert wurde hier ein Silberbergwerk betrieben. Unter härtesten Bedingungen wurden die kleinwüchsigen Samen zur Arbeit gezwungen. Heute gibt es nur noch einen Friedhof, wahrscheinlich ein paar Stolleneingänge. Im Moment ist aber alles unter meterhohem Schnee begraben.

Nur diese kleine Hütte steht einsam in einer lebensfeindlichen, windgepeitschten Berglandschaft. Aber unsere Menschen sind froh über diesen Windschutz mit Fenster und Türe. Viel mehr ist es nicht, denn auch innen ist alles mit feinem Schnee bedeckt, der ständig durch die Ritzen gedrückt wird. Und sie vermissen den Kamin oder auch ein Ofenrohr. Tatsächlich, die Hütte hat keinen Ofen. Umsonst haben wir bis zur Laisstuga drei, ab dort noch zwei große Holzbündel hochgeschleppt.

Wir Hunde sind mit der Situation nicht unzufrieden. Die Menschen mühen sich ab, mittels umgelegten Schlitten und mit Hilfe von Schneeankern unser Stake-out zu sichern. Da kann sich jeder von uns wieder seine kleine Mulde graben, sich hineinrollen, der buschige Schwanz über der empfindlichen Schnauze, Pfoten nach innen gedreht, Augen schließen und der Wind deckt uns in Kürze mit einer isolierenden Schneeschicht zu.

Bei beginnender Nacht dürfte es, ohne den Windeinfluss zu rechnen, so um die minus 40 – 43 Grad Celsius haben. Mush und Musha frieren erbärmlich, für eine solche Temperatur sind sie kleidungsmäßig überhaupt nicht ausgerüstet. Sie haben auch keine Schlafsäcke, nur Decken und ihre Jacken.

Martin schmilzt mit seinem Benzinkocher Schnee, jede Menge Schnee. Ein Benzinkocher gibt in einer zugigen Hütte jedoch kaum Wärme ab. So eine Nacht kann lang sein, aber auch sie geht zu Ende.

Von uns Hunden hat keiner Schaden genommen. Freudig und gut ausgeschlafen begrüßen wir die verfrorenen Gestalten, die uns die Suppe bringen, die Schlitten packen und einspannen. Mit frischer Energie geht es zum Kamm hoch, den Steilhang hinunter und lange im Galopp der klimatisch gemäßigteren Zone zu. Mush macht sich hinten auf dem Schlitten ganz winzig, alles ist winzig, und kauert sich so klein wie möglich hinter den Schlittensack, um etwas Schutz vor dem Fahrtwind zu haben. Das Erreichen der Baumgrenze wird freudig aufgenommen, ist doch damit der kälteste Teil dieser Tour beendet.

Ankörung

Wenn wir unseren Winterurlaub im Norden verbringen, fährt Mush das Schlittengespann mit seinen fünf Hunden. Für Musha leiht man sich ein komplettes Gespann aus. Der Gedanke liegt also nahe, unser Rudel zu vergrößern. Nach den Papieren sind wir reinrassige Siberian Huskies. Wenn man auch für die Nachkommen die Reinrassigkeit dokumentiert haben möchte, erfordert dies jedoch erheblichen bürokratischen Aufwand, Begutachtungen und Kosten.

Mush ist dazu bereit und zur Ankörung fährt man ca. 350 km in die Pfalz zu einem zugelassenen Wertungsrichter. Zustimmende Beurteilung für meine Schwestern. Ich selbst bin ja nicht für die Zucht vorgesehen und deshalb nicht mit von der Partie.

Zwingend vorgeschrieben ist die Untersuchung und Beurteilung der Wirbelsäule und des Beckens. Das ist nicht angenehm, denn man wird in Narkose versetzt, um einwandfreie Röntgenbilder zu erhalten.

Anuja und Askia müssen sich dieser Prozedur bei einem Memminger Tierarzt unterziehen. Sie sollen noch einige Stunden unter der Narkoseeinwirkung in der Praxis bleiben, doch schon bald kommt die Aufforderung, die beiden baldmöglichst abzuholen, weil sie randalieren.

Mush bringt die beiden mit dem Auto nach Hause und trägt sie in den Flur, da ihre Beine noch zu schwach zum Laufen sind. Sobald aber jede bewusst feststellen kann, dass sie mit ihrer ungeliebten Schwester in einem Raum ist, erwacht ihr Kampfgeist. Sie drohen und knurren, erheben sich mit Mühe und torkeln aufeinander zu. Bevor es aber nur zu einer Berührung kommt, fallen sie wieder um. Der Wille ist da, allein die Kräfte fehlen noch.

Einige Monate später und kurz vor der Heimfahrt aus einem Nordland-Urlaub erfahren wir die Adresse eines Mushers mit guten Siberian Huskies. Unsere Anuja ist in Hitze. Also nutzen wir die Gunst der wenigen Tage, um das Erforderliche zu unserer Rudelvergrößerung einzuleiten. Ähnlich den Wölfen kommen meine Mutter und die Schwestern nur einmal im Jahr in Hitze.

Unser Zwischenaufenthalt für den Liebesakt liegt in Mittelschweden. Der Züchter ist über unser Kommen unterrichtet. Obwohl schon Ende März oder Anfang April schneit es unablässig und wir kommen nur unter Schwierigkeiten voran. Der Flockenwirbel gestattet nur eine begrenzte Sicht, alles ist weiß in weiß. Die Räumfahrzeuge haben Mühe, die Hauptstraße frei zu bekommen.

Es ist bereits Nacht, als wir das abgelegene Dorf erreichen. Wir fahren hin und her, der beschriebene Abzweig ist nicht zu finden. Mush klingelt an einem fremden Haus. Die freundlichen Leute telefonieren mit dem Gesuchten. Schon bald kommt er in einem riesengroßen Traktor mit Schneeschieber angerollt. Sein Standort ist völlig eingeschneit. Wir folgen der frischgeräumten Spur bis zu einem Standplatz vor dem Hause.

Fütterungszeit, kleiner Bummel auf überschaubarer freier Strecke und für die Menschen ein unterhaltsamer Abend in der Stube. Alles weitere wird der nächste Morgen bringen.

Noch in der Nacht beruhigt sich das Wetter und am nächsten Tag ist alles makellos weiß. Der Blick erfasst ungehindert das Sehenswerte in nah und fern.

Da stehen zwei riesengroße, zeppelinförmige Zelte. Aus einem dringt ein ständiges Brummen und Rauschen. Eine mit Öl betriebene Feuerung spendet Wärme. Der besuchte Musher ist im Hauptberuf Gärtner und betreibt hier eine winterfeste Gurkenplantage.

Nicht weit von den Zelten befindet sich eine tiefverschneite Fläche, auf der sich viele Schlittenhunde tummeln. Ihre Hütten befinden sich unter der Schneedecke. Zu deren Eingängen haben sie sich selbst die Wege freigelegt.

Anuja darf sich in dem großen Zelt mit den angepflanzten Gurken frei bewegen. Ein schlanker, doch kräftiger Rüde wird ihr zugesellt. Die beiden tollen und spielen zwischen den Beeten und finden sich schließlich auch zu der gewünschten Vereinigung.

Die erhofften Welpen bleiben jedoch aus. Vor dem Deckakt waren wir doch einige Wochen im hohen Norden unterwegs, hatten lange Touren mit voller Schlittenbeladung gefahren und viele eisige Nächte im Freien zugebracht. Das ging schon an unsere Substanz.

Jetzt müssen wir uns zunächst wieder neue Ressourcen zuführen. Und die wunderbare Natur hat es doch so eingerichtet, dass erst der Mutterleib wieder gekräftigt sein muss, bevor an die Entwicklung gesunder Babys gedacht werden kann.

Wertung

Ein spannendes Wochenende erwartet uns. Wir wollen nach Füssing zum Wagenrennen. Dort soll auch Askia dem für sie ausgesuchten Bräutigam Chuk zugeführt und ich einem Wertungsrichter vorgestellt werden.

Von den Mädchen hat man mich schon vor einigen Tagen getrennt und in einen separaten Zwinger verlegt. Aus diesem mit seinen stabilen Rohrstäben, kombiniertem Holz-Stein-Fußboden und fester Überdachung ist ein Ausbrechen nicht möglich. Zeitweise lässt man mich aber in den kleinen Freilauf. Dieser grenzt mit einer Schmalseite an die große Spielwiese der anderen. Ich bin so aufgeregt, will unbedingt zu den Mädchen. Askia strömt einen verführerischen Duft aus. Mush passt auf, doch er ist mit Vorbereitungsarbeiten und dem Beladen des Mobils abgelenkt. Es ist Freitagmittag, in ein oder zwei Stunden wollen wir abfahren.

Mit allen meinen Kräften und voller Hast grabe ich einen engen Tunnel zum benachbarten Freilauf und quetsche mich hindurch. Keine Zeit zu Avancen, Askia quietscht und Mush kommt angerannt. Zu spät, wir sind in Liebe vereint.

Mush ist völlig konsterniert. Zunächst stellt er alle Arbeiten ein und will überhaupt nicht mehr wegfahren, alles absagen. Doch dann kommt der schwarze Gedanke des Verschweigens. Askia und ich sehen uns sehr ähnlich, keine Zeugen und überhaupt, vielleicht ist der Akt ohne Folgen geblieben. Es bleibt unser Geheimnis und wir ziehen alles weitere nach Planung durch.

In Füssing angekommen, darf sich Askia am Deckakt mit Chuk erfreuen. Ha, aber ich war der Erste!

Am Abend nimmt mich Mush an die Leine und geht mit mir zu einem Rondell, um welches sich nach und nach viele Menschen versammeln. In dem Rund laufen Siberian Huskies, geführt von ihren Betreuern. Mal muss man langsam, mal im Trab, mal im Galopp gehen oder stehen bleiben und sich begutachten lassen. Mir macht es Spaß und ich bekomme auch immer wieder aufmunternde und bewundernde Zurufe der Umstehenden. Immer wieder scheiden einige Hunde aus und als schließlich auch ich bei den letzten zwei bis drei Hunden mit einem 'sehr gut' herausgenommen werde, protestieren meine mir unbekannten und doch so schnell gewonnenen Fans lautstark.

Mush geht später zu dem Wertungsrichter und fragt ihn, was der Unterschied zum 'vorzüglich' ausgemacht habe. Er antwortet, dass er zunächst geglaubt habe, ein Zahn sei verschoben, doch da habe er sich geirrt. Außerdem müsse die Schwanzspitze, auch bei Galopp, immer exakt den Rücken berühren.

Nun, damit kann ich leben. Ich habe sogar eine Urkunde bekommen.

Das Wagenrennen haben wir in den nächsten zwei Tagen auch absolviert. Wenn der Boden etwas aufgeweicht ist, bist du anschließend immer völlig schmutzverkrustet, kannst kaum noch aus den Augen schauen. Nur dem Leader geht es da besser, da keiner vor ihm den Dreck aufwirbelt. Doch ich muss ja fast immer hinten laufen.

Übrigens, Askia hat nach 64 Tagen sechs Welpen geboren, davon vier mit weißer Schwanzspitze. Nur Chuk hat dieses Merkmal.

Einer der Welpen, Blizzard, der einzige mit blauen Augen, wird als Deckgebühr abgegeben. Er macht später Rennkarriere mit dem siegreichen Achtergespann der Vorstellungsrunde bei den Olympischen Spielen 2004 in Turin.

Balto, aus dem gleichen Wurf, der ist uns leider geblieben.

Raufereien und Missgeschicke

Ein Raufbold bin ich bestimmt nicht, aber auch kein Feigling. Wenn es Notwendigkeit oder Ehre erfordert, wird zugelangt. Unterworfen habe ich mich nie, Verletzungen abbekommen hin und wieder. Der Tierarzt und seine Helferinnen kennen mich beim Namen und müssen nicht erst in ihrer Kartei studieren.

Meine Position als Rudelführer wird mir durch das Unverständnis von Mush erschwert. An Disziplinierungen werde ich oft gehindert, weil ich festgehalten werde und der Rangniedere, Schwächere, unterstützt wird. Meiner Autorität ist das nicht förderlich, auch muss ich dadurch manche zusätzliche Bisswunde einstecken. Stets habe ich fair gekämpft, bin keinen Gegner von hinten angegangen oder habe ihn mit Absicht in die Beine gebissen. Die meisten Attacken habe ich vergessen, die Wunden sind gut verheilt, selbst die Blessur am kunstvoll doppelt vernähten Auge.

Meine Kieferoperation ist mir jedoch noch gut in Erinnerung. Eines frühen Abends hing mein Eckzahn mit einem Teil des Kieferknochens wackelig in meinem Maul. Der in seiner Abendruhe aufgeschreckte Tierarzt sieht es mit Bedenken. Nach ärztlichem Wissen könne so etwas eigentlich überhaupt nicht passieren. Die konzentrierte Beißkraft kann vielleicht noch zum Abbrechen des Zahnes, nicht aber zum Absplittern des Kieferknochens führen. Mit meinem Fall ist er überfordert.

Er ruft einen namhaften Zahnarzt, der zwei Ortschaften entfernt wohnt, an und bittet um Hilfe. Ich werde in

Narkose versetzt. Die Operation wird fachgerecht und ohne Komplikationen durchgeführt. Mush ist sehr beeindruckt und wir beide haben ab sofort den gleichen Zahnarzt.

Sicher gibt es auch im Paradies ein paar Stolpersteine und so haben wir auf unserem idyllischen Bauernhof mit seiner fahrfreundlichen Umgebung unsere kleinen Probleme. Wir können den hinteren Ausgang zu Gablers Wiese nicht benutzen, wenn dort das Gras voll im Wachstum ist oder die Kühe weiden. Also geht es in vollem Lauf durch die vordere Ausfahrt und im rechten Winkel auf die schmale Straße. Die Sicht ist nicht behindert, sondern überhaupt nicht vorhanden, denn das Tor liegt zwischen Wohnhaus und Kapelle und diese liegen ohne Randstreifen direkt an die Straße angrenzend. Auch wenn es nur wenig Verkehr gibt, ein Risiko bleibt. Unser Nachbar, der alte Kohler, warnt zu Recht und eindringlich vor solchen weiteren Blindflügen.

Jetzt werden wir direkt an der Straße entlang des vorderen Zaunes eingespannt. Die Leader sind eng an einem Zaunpfosten festgebunden und der Wagen mit gespannter Hauptleine 17 oder 18 m dahinter gesichert. Wir Hunde haben damit nur wenig Spielraum zur Straße und ein Fuhrwerk oder Auto kann gefahrlos passieren.

Aber erst müssen wir eingespannt sein, denn jeden Hund muss Mush von dem entfernt liegenden Zwinger herbeiholen. Bis alle an ihrem Platz sind, haben die nervöse Bonnie und Baika bereits vom Asphalt aufgescheuerte Pfoten, weil sie in ihrer Aufregung schon ständig losrennen wollen. Mush muss sie in den Zwinger zurückbringen. Beide verstehen die Welt nicht mehr, als das Gespann ohne sie davon saust.

Für die nächste Ausfahrt werden wir in das Mobil verladen und zur benachbarten Hügelkette an einen ruhigen Waldrand gebracht.

Wir haben inzwischen einen noch robusteren Trainingswagen, ca. 70 kg schwer, großen Profilreifen, zwei Räder mit Scheibenbremsen, zwei Räder mit Trommelbremsen. Neben der Hand-, der Fuß- und der Feststellbremse gibt es noch eine Zackenvorrichtung, die sich in das Erdreich krallt und beim Start gelöst wird.

So ein Ding ziehen wir aber auch mit blockierten Rädern weg und die Zackenbremse ist so gut wie der Untergrund. Also wird das Gefährt vor dem Start noch mit einem starken Seil und Panikhaken an einem Baum oder stabilen Pfosten gesichert.

So weit, so gut. Wir sind mit acht Hunden in Zweierformation eingespannt. Mush löst am Wagen die verschiedenen Bremsen und Haltevorrichtungen. Doch am Panikhaken gibt es ein unvermutetes Problem, er lässt sich nicht sofort öffnen. Für uns Hunde ist das Aufklicken der Bremsen auch gleichzeitig das Startsignal.

Aus dem Stand erreichen wir fast sofort eine kurzfristige Höchstgeschwindigkeit, die irgendwo bei 35 - 40 km/h liegt. Diesem gewaltigen Anziehdruck ist jedoch die fast neue Hauptleine nicht gewachsen. Sie löst sich von dem Zentralkarabiner und Mush bleibt allein auf seinem noch am Baum festgebundenen Wagen zurück.

Wir selbst, alle mit der Hauptleine verbunden, voll mit Energie und Lauffreude, ohne Ziehlast, rasen durch die Gegend. Unsere Wheeldogs, die beiden letzten Hunde, haben es dabei nicht so leicht. Berry, unserem kräftigsten, gelingt es, sich aus dem speziell für ihn angepassten Geschirr zu lösen. Balto hat weniger Glück, stürzt, wird über eine lange Strecke mitgeschleift, bis der Gurt reißt und er als blutendes Bündel im Straßengraben landet.

Wir laufen zu unserem Ausgangspunkt zurück. Sechs Hunde wohlgeordnet an der Hauptleine, am Ende zwei Halsbänder und ein leeres Geschirr. Von einem entfernten Bauernhof wird bald die Nachricht übermittelt, dass ein großer, schwarzer Hund herumlaufe. Es ist Berry, unverletzt und guter Dinge.

Wo ist Balto? Nachdem man uns in die Zwinger zurückgebracht hat, sucht Mush mit der jungen Doghandlerin Anja weiter. Es ist bereits dunkel, als ihnen im Scheinwerferlicht die regungslose Gestalt neben der Straße auffällt. Balto sieht schlimm aus. Anja betrachtet ihn mit kritischen Augen und meint 'der wird nimmer'.

Mush will nicht aufgeben, telefoniert mit dem Tierarzt und dort bekommt Balto gegen 21 Uhr seine Erstversorgung. Die Reise geht anschließend weiter zu einer Tierklinik am Bodensee. Hier warten um Mitternacht zwei Tierärzte, die weitere Maßnahmen einleiten. Die mehrstündige Operation findet am nächsten Vormittag statt.

Balto bleibt drei Tage in der Tierklinik und muss anschließend noch 18 mal zur Nachbehandlung zum Tierarzt gebracht werden. So ein Aufwand für diesen Macho.

Das Hauptseil ist vor dem Karabiner am Wagen nicht gerissen. Das Ende war nicht einwandfrei gespleist und löste sich aus der Verflechtung.

Mush zieht die Konsequenz. Er kauft eine stabile Presszange und sein Schwiegersohn, Halter eines größeren Rudels kräftiger Grönlandhunde, fertigt aus starken Materialien die Zugleinen und Stake-Out-Leinen. Die Dinger sind zwar schwer, wir haben mehr zu schleppen, doch sie halten allen Beanspruchungen stand.

Begegnungen

Ein angenehmer Frühsommerabend mit würziger Luft bei leichten Windbewegungen. Gelangweilt schaue ich im Freilauf meinen Schwestern zu, die intensiv miteinander raufen. Es geht wieder einmal um eine Kleinigkeit, doch es ist ein Streit unter Hündinnen und ich als Rüde mische mich da nicht ein. Anders ist es da bei Mush, der verzweifelt versucht, seine Lieblinge zu trennen. Doch die Biester sind flink, winden sich aus seinem Griff und verbeißen sich erneut in ihre Gegnerin.

In der Ferne höre ich Hufgetrappel. Auf der schmalen Straße bewegen sich zwei Reiterinnen auf uns zu. Auffallend ist ein mächtiger Schimmel, geritten von einer ausnehmend hübschen, jungen Frau mit langen schwarzen Haaren.

In Höhe unseres Freilaufes kann diese über unsere dichte, grüne Hecke schauen und sieht den Kampf der Hundemädchen und die verzweifelten, doch hoffnungslosen Trennungsversuche ihres Meisters. Blitzschnell gleitet sie von ihrem Pferd und springt über den seitlichen Vorplatz durch die schmale Gattertüre hinzu. Mit ihrer Unterstützung und auch dem Überraschungsmoment ist die Rauferei schnell beendet und Ruhe kehrt ein.

Der hilfreiche Engel heißt Sabine und besitzt außer dem herrlichen weißen Pferd auch noch fünf Siberian Huskies, die wir etwas später kennenlernen dürfen. Der Chef des Rudels ist gleichfalls von makellosem Weiß. Wir verstehen uns, haben bei späteren Zusammenkünften oder gemeinsamen Ausfahrten keine Probleme miteinander.

Auch Sabine und Mush verbindet über lange Zeit eine zuverlässige Freundschaft.

Durch Vermittlung von Sabine wird Mush auch Mitglied im Allgäuer Schlittenhunde Sportverein. Bei den regelmäßigen Stammtischen, den gemeinsamen Impfaktionen für Hunde, dem Sommerfest und der Weihnachtsfeier ergeben sich weitere Bekannt- und Freundschaften mit den sonst doch recht reservierten Allgäuern.

So auch mit Blasi, einem beinharten, aktiven Sportler im Pulka- und Skijöring-Bereich, seinerzeit noch mit Siberian Husky. Um international mithalten zu können, spannt er jedoch im Jahr 2000 in Fairbanks/Alaska zwei Alaskans ein und wird auf Anhieb Weltmeister.

Blasi und Mush arbeiten etwas später im Vorstand des Vereins. Sie tüfteln an neuen Trainingsstrecken, die meist gut bei den Gemeinden ankommen, doch stets von den Jägerschaften abgelehnt werden. Die haben die bessere Lobby, vor allem gegen uns Hunde.

Ein Wagenrennen am Rand von Ottobeuren findet gute Resonanz. Lichtbildervorträge werden arrangiert und die Öffentlichkeitsarbeit verstärkt. Am besten und das hat uns Vierbeiner am meisten gefallen, ist die jährliche Aktion 'Wandern mit Hund'.

Das erste Mal sind wir trotz Werbung mit nur drei Menschen und drei Hunden in den Allgäuer Bergen unterwegs. Doch schon im nächsten Herbst besteht eine ansehnliche Wandergruppe. Mush nimmt außer mir noch fünf weitere Hunde mit und verteilt diese an Leute, welche keine dabei haben.

Es ist wohl kein Zufall, dass immer eine bewirtschaftete Hütte am Wege liegt. Im Gelände angepflockt, müssen wir dann schon mal an den Aufbruch erinnern. Auch bei diesen Wanderungen kommt es in der Regel zu neuen, ungezwungenen Begegnungen von Menschen und Hunden.

Bei den Schlittenhunderennen und -touren trifft man meist die gleichen Leute, doch kommt es auch hier zu neuen Bekanntschaften. So lerne ich Toni bei uns zu Hause kennen. Ich gehöre zu diesem Zeitpunkt nicht mehr unserem aktiven Gespann an, doch die Nachfolgegeneration mit Crenuk, Chinook, Berry und andere scheinen ihre Sache sehr gut zu machen.

Toni bewirtschaftet mit Frau, Tochter und einer treuen Köchin die Simony-Hütte in 2.200 m Höhe am Dachstein. An seinem ausgesetzten Standort hält er ein Rudel kräftiger Schlittenhunde für Touristenfahrten im Gletschergebiet.

Seit 2003 organisiert er für interessierte Musher eine zweitägige Schlittentour ab Krippenstein-Talstation in 600 m ü.d.M. Über die steile Skiabfahrt und weiteren atemraubenden Anstiegen kommt man zur Übernachtung in seine hochgelegene Hütte. Früh am nächsten Morgen geht es weiter bis zur Dachsteinwarte in 2.735 m ü.d.M. Über den Gjaidsteinsattel und das Oberfeld gleiten und bremsen die meist nur wenigen Teilnehmer wieder zum Tal-Ausgangspunkt zurück.

Mush ist mit seinem Gespann von Anfang an dabei. Toni, ein exzellenter Bergsteiger und Hundeführer findet die Leistungen meiner jüngeren Rudel-Kollegen gut und denkt an die Hochzeit mit einer seiner Hündinnen.

Im Sommer ist es dann soweit. Toni ruft bei Mush an und meldet sein Kommen. Wegen dringender Erledigungen kann er aber erst zwei Tage später abfahren. Er lässt sich zusammen mit seiner Hündin mit dem Hubschrauber ins Tal bringen und rast anschließend mit seinem Geländewagen über die Salzburger Autobahn, an München vorbei, zu uns ins Allgäu.

Trotzdem, die vorher versäumte Zeit lässt sich nicht mehr zurückholen und die Hündin zeigt nur noch sehr mäßiges Interesse an unseren strammen Rüden. Leider wird es nichts mit einer Verwandtschaft am Dachstein.

Reichlich beladen

In einer sternklaren Novembernacht bei minus 11 Grad Celsius starten wir auf schneeglatter Straße ab unserem Heimatzwinger in Bossarts im Allgäu. Ich habe mich zusammen mit Askia in die obere rechte Box eingekuschelt. Mush sagte was vom Polarkreis. Meinetwegen kann es auch zum Nord- oder Südpol gehen. Musha bleibt wegen ihres Weihnachtsmarktes zu Hause, auch Mutter Kiska ist nicht dabei.

Auf der Autobahn, meist im LKW-Konvoi, geht es gut voran und wir fahren durch bis zum ersten Parkplatz nach Hamburg. Kurze Schlafpause für den Fahrer, dann geht es weiter bis Ausfahrt Eckernförde, links, eine Autominute rechts ein Waldparkplatz. Ein idealer Ort für das Stakeout, unsere Brühe und das Frühstück für Mush. Die wenigen Leute, die vorbeikommen sind alle nett, einschließlich der Polizei und haben gegen unsere Anwesenheit überhaupt nichts einzuwenden.

Gegen Mittag fahren wir weiter, passieren schon sehr bald die dänische Grenze und sind noch bei Tageslicht bei der neuen Brücke über den großen Belt. Ein imposantes Bauwerk. Die Straße, in geschwungenem Bogen von vielen Pfeilern über mehrere Kilometer getragen, führt anschließend über ein kleines Eiland mit Leuchtturm und schließlich über die riesige Hängebrücke des großen Belt.

Wir wollen jetzt quer durch Seeland nach Helsingör fahren. Der Weg ist schlecht beschildert, Mush wird nervös und vergisst beim nächsten Tanken in Roskilde unseren zusätzlichen Schlittenaufbau auf dem Wohnmobildach. Die Gesamthöhe ist etwa 4 Meter. Die Decke ist zerfurcht und zerkratzt von früheren Begegnungen. Unser Weschle-Schlitten hat mit der Plastikummantelung des Handbogens lediglich einen kurzen, dunklen Streifen hinterlassen. Die Tankstellenleute wollen aber am liebsten ein komplettes, neues Dach haben. Die zwei neuen Schlitten von UF auf dem Wohnmobil haben überhaupt nichts abbekommen.

Unsere reichliche Zuladung im Wageninnern ist besser geschützt. Neben unserem eigenen Bedarf für die nächsten fünf Wochen haben wir viele Materialien, Stoffballen, Zubehör etc. für Martin verstaut. Mush hat in seinem breiten Alkoven für sich nur noch einen schmalen Streifen.

Kurz vor Mitternacht erreichen wir mit der Fähre nach Helsingborg doch noch Schweden. Trotz später Stunde erfolgt eine Kontrolle des Wohnmobils. Alles, auch die Einfuhrformalitäten für die Hunde läuft sehr freundlich und ohne Beanstandung ab.

An einem uns schon bekannten ruhigen Rastplatz mit Waschgelegenheit, Toilette und guter Auslaufmöglichkeit für uns Hunde verbringen wir die Nacht. Der nächste Tag beschert uns schlechtes Wetter. Die Straßen sind vielfach vereist und es herrscht dichter Nebel. Außerdem müssen wir unsere gewohnte Route verlassen und irgendwo abseits noch eine weitere Zuladung übernehmen.

Fremdhunde

Von Stephan sollen wir noch zwei Hunde für Martin mitbringen, er spart sich damit 2x700 km Fahrt bei schlechten Straßenbedingungen. Selbstverständlich machen wir das und nehmen einen Umweg gern in Kauf.

Es ist schon lange dunkel, als wir bei Stephan in Sörberget ankommen. Er führt uns noch ein paar Kilometer in den Wald, damit wir Hunde aus dem Wagen kommen und gefüttert werden können. Stephan lebt mit seinem Nachbar nicht in bester Eintracht und möchte keinesfalls durch Hundelärm stören. Wir hätten schon unsere Schnauzen gehalten, doch seine Hunde wären wohl bei unserer Ankunft laut geworden.

Bei diesem kurzen Aufenthalt im Wald verletzt sich Aleska, wahrscheinlich beim Ausladen, an der unteren scharfen Kante ihrer Box. Sie zieht sich eine lange Risswunde am linken hinteren Schenkel zu. Eine kleine Ursache, die doch so vieles verändern wird.

Stephan klammert am nächsten Morgen die Wunde und gibt Penicillin. Aleska darf bei der Weiterfahrt den Platz neben dem Fahrer einnehmen. Anstelle der vereinbarten zwei Hunde werden noch zusätzlich zwei Welpen zugeladen. Wir sind jetzt 13 Hunde und 1 Fahrer, dazu viel Material wie Schlitten, Stoffballen etc., die wir Martin mitbringen und schon seit Beginn der Reise mitführen.

Die Straße besteht durchgängig aus Eis und wir haben nicht die in Schweden üblichen Spikes. Mush hat in den Grenzorten keine Werkstätte gefunden, welche in der

Höhe die Einfahrt unseres Mobils für einen Radwechsel zugelassen hätte. Im Freien wollte keiner der Monteure arbeiten. Jetzt müssen wir eben mit unseren Winterreifen sehr vorsichtig fahren. Viele Rentiere sind unterwegs, wir machen langsam, halten öfters an.

Das Dreiviertel-Rund eines alten Steinbruchs bietet uns einen guten, windgeschützten Rastplatz. An allen vier Ecken unseres Mobils bestehen Vorrichtungen, in welche lange, leicht gebogene Stangen eingesteckt werden. Diese sind an ihren äußeren Enden, rund um das Auto, mit einer 22 m langen Kette verbunden. Jeder Hund wird jetzt mit seiner Stake-Out-Halskette eingeklinkt. 11 Hunde sind sicher verankert, nur die Welpen dürfen frei laufen.

Mush teilt uns die Rationen zu, gibt anschließend Wasser, macht zwischendurch eine warme Mahlzeit für die Kleinen und kocht sich zuletzt selbst seine Suppe. Nach der üblichen kleinen Runde für jeden Hund geht es weiter. Wir können jetzt schlafen und Mush pendelt die E 45 nordwärts.

In Strömsund ist Schluß. Mush findet zwar den einzigen Geldautomaten des Ortes, hat aber bei der Abhebung einer Barsumme seine Schwierigkeiten. Eine junge Frau will ihm helfen und in ihre Wohnung mitnehmen. Mush bleibt uns aber treu, fährt zu einem beleuchteten, geräumten Platz und verschwindet auf seinen schmalen Schlafstreifen im Alkoven.

Abgeräumt

Um 7 Uhr am nächsten Morgen ist Abfahrt, aber schon bald, auf einem schönen Parkplatz vor Hoting, kommen wir zu einer ausgiebigen Frühstücks- und Pinkelpause an die wirklich frische Luft.

Die Reise führt weiter über Dorotea, später Vilhelmina. Nach kurzer Strecke macht die Straße einen Linksbogen, geht über eine kleine Kuppe und führt talwärts. Wie in letzter Zeit üblich ist alles vereist.

Es kommt ein Schneepflug hochgekrochen, der braucht ja die ganze Straße! Da kommt unser Mobil nie vorbei. Mush bremst auf der eisigen Straße zunächst vorsichtig - keine Wirkung. Er bremst stärker und schon stellt sich das Auto fast quer, rutscht schräg dem Schneepflug entgegen. Dessen Fahrer wacht endlich auf, bekommt Angst. Wir sind schon so nahe, dass wir sein schreckverzerrtes Gesicht sehen. Jetzt steuert er an seinen rechten Straßenrand. Zu spät.

Knapp vor seiner Schaufel rutscht unser Mobil über die linke Straßenseite in den abwärts führenden Steilhang hinein. Gleich wird sich der Wagen seitlich ein paar Mal überschlagen. Alles, einschließlich der neuen Schlitten auf dem Dach wird zerstört sein. Wie wird es den vielen Hunden und dem Fahrer ergehen?

Aber nein, in dem Hang hat es sehr viel Schnee. Er bremst unser Mobil und noch vor dem ersten Überschlag kommt es in einem fast unmöglichen Winkel zum Halten. Wird es noch kippen? Wohl an die hundert Schutzengel stemmen sich dagegen und verwehren ein weiteres

Unglück. Der Schneepflugfahrer schaut oben vom Straßenrand ein paar Sekunden auf uns herunter, gibt Gas und fährt davon.

Uns Hunde hat es alle in die linke Seite gedrückt. Was ist Wand, was ist Boden? Wir spüren, dass etwas Ungewöhnliches geschehen ist, verzichten auf eine Rauferei oder gar Panik. Jetzt kommt es auch auf uns an und wir verhalten uns absolut ruhig. Mush steigt über Aleska hinweg, öffnet die Beifahrertüre nach oben und klettert hinaus.

Es ist wenig Verkehr auf der E 45, doch wohl jedes zweite Auto hält, die Leute bieten ihre Hilfe an. Auch ein Lastzug, dessen Fahrer uns helfen will, kommt dann selbst nicht mehr weiter und muss Schneeketten angelegt bekommen. Ein Mann ruft den Abschleppdienst an, ein Bergungsfahrzeug wird in zwei Stunden kommen.

Es ist eine lange Zeit in unserer unbequemen Lage. Mush steht oben an der Straße und drosselt mit Handbewegungen die wenigen, heranbrausenden Lastzüge, um den Luftdruck zu verringern. Unser Fahrzeug steht in einem derart schrägen Winkel, dass wirklich eine Kleinigkeit genügen dürfte, um es doch noch zum Überschlag zu bringen. Das Beifahrerfenster steht offen und ab und zu spricht Mush von außen ein paar beruhigende Worte zu uns.

Endlich kommt das riesengroße Bergungsfahrzeug mit übermannshohen Rädern. Reichlich Sand wird auf die Straßenseite gestreut, das Wohnmobil an einer starken Kette angehängt, dann beginnt der Kraftakt. Nach einigen Versuchen, auch das Bergungsfahrzeug rutscht immer wieder ab, steht das Mobil mit uns 13 Hunden und allem

Inventar wieder auf der Straße. Unbeschädigt, nur ein paar kleine Plastikteile des Aufbaus sind abgesplittert. Die Bergungsaktion kostet 800 Schwedenkronen, das entspricht ungefähr 2 x tanken.

Mush überzeugt sich, dass wir alle wohlauf sind und lobt uns für das brave Verhalten. Er klettert auf seinen Fahrersitz, der Motor springt einwandfrei an und mit viel Dankbarkeit im Herzen für den doch noch glimpflichen Ablauf steuert er den nächsten Parkplatz an. Dort treffen schon bald der auch informierte Martin mit seinem Schweizer Doghandler Patrik ein. Für den Rest des Weges übernimmt Martin das Steuer.

Eifersucht

In Norrbränna angekommen, ist bereits das Stake-out für uns gerichtet. Ein Stahlseil, in einem großen Viereck gespannt und von stabilen Pfosten gehalten. Ein umgrenzender Schneewall dient als Windschutz. Wir werden an den Stake-out-Ablegern angepflockt, gefüttert und Mush begibt sich mit seinen Gastgebern ins Haus zum Abendessen und Erzählen.

Berry, unser Kraftprotz, belegt eine der Ecken. Unermüdlich arbeitet er an der Stahldraht-Halteschlaufe. Seine Mühe zeigt nach einiger Zeit Erfolg, die gesamte Ecke löst sich. Damit gewinnen Berry und einige weitere Hunde mehr Freiraum.

Dies nutzen vor allem Askia und Anuja. Bei ihnen hat sich sehr viel Eifersucht angestaut, darf doch ihre Wurfschwester Aleska schon zwei Fahrtage auf dem bevorzugten Beifahrersitz zubringen. Dass Aleska eine genähte Oberschenkelverletzung hat, wird natürlich nicht bedacht. Sie haben jetzt genug Spielraum, sich auf die verhasste Rivalin zu stürzen. Aleska wehrt sich, doch gegen diese Wut der zwei eifernden Schwestern hat sie keine Chance. Sie wird gezerrt, gezogen, zerbissen und niedergetrampelt.

Alle machen dazu einen infernalischen Lärm, der schließlich auch im Hause gehört wird. Die Menschen stürzen heraus, voran Patrik, dann Martin, von denen jeder eine der rasenden Furien festhält. Mush kümmert sich um die regungslos am Boden liegende, blutende Aleska. Aber sie lebt!

Das Stake-out wird in Ordnung gebracht, wobei Martin sich über alle Maßen wundert, wie es zu diesem Bruch kommen kann. Aber er hat ja auch nicht Huskies unserer Art.

Die Wunden der kampfeslustigen Hundedamen werden versorgt, denn auch die haben einiges abgekriegt. Aleska wird auf den Armen ins Haus getragen, dort gesäubert, genäht und gesalbt. Patrik meint nach einem ersten Befund: "Mush, jetzt hast du einen Haushund", denn Aleska hat bei dem Gefecht fast alle Eckzähne eingebüßt. (Einen davon findet Andrea, die Freundin von Patrik, zufällig nach vielen Monaten während eines Besuches im Allgäu, fest eingeklemmt zwischen den Zähnen von Askia).

Am nächsten Tag sehen wir Aleska nur kurz vor der Türe, hinkend, kaum bewegungsfähig. Abends stellen Martin und Mush fest, dass der Brust- und Bauchbereich stark gerötet und an vielen Stellen geschwollen ist. Aleska reagiert kaum noch.

Am nächsten Morgen versucht Martin einen Tierarzt zu erreichen. Der eine muss zu einer kalbenden Kuh, der zweite hat dienstfrei, andere sind telefonisch nicht erreichbar. Endlich erreicht er einen und sofort fahren Martin und Mush mit Aleska ab. Ihr Ziel ist Vilhelmina, ein Weg von gut 140 km. Die Behandlung dort dauert über eine Stunde. Mehrere Röntgenaufnahmen und die Untersuchung bringen den Veterinär zu dem Schluss, dass die Kampfgenossinnen auf Aleska herumgetrampelt sind, ihr Prellungen zugefügt haben und diese jetzt zu einer beginnenden Infektion führten. Sie erhält eine Cortisonspritze sowie eine längere Antibiotikabehandlung verordnet.

Bei Beginn der Dunkelheit kommen alle drei wieder zurück, zu spät, um noch das Adventsfest im Dorf zu besuchen. Doch für Aleska war dieser Tierarztbesuch lebensrettend.

Junghunde

Endlich werden wir eingespannt, dürfen rennen. Mush nimmt immer zwei der Junghunde mit zwei Älteren ins Gespann. Wir sind ja nur noch drei Ältere. Die fünf Greenhorns sind Wurfgeschwister, Kinder von Askia. Sie bemühen sich aber alle mit viel Eifer. Selbst Benny, unser Baby, ist erstmalig an der Zugleine. Er schlägt sich überraschend gut. Die ersten paar hundert Meter geht er wie ein Tanzbär, dann läuft er recht ordentlich und auf dem Rückweg zieht er sogar.

Am nächsten Tag kommen wir alle acht gemeinsam an den Schlitten. Beim Einspannen gibt es einen Höllenlärm und Reibereien. Mush ist froh, dass ihm Martin, Patrik und Billy zur Hilfe kommen. Dann gibt es einen einwandfreien Start. Alle haben Freude an diesem Lauf und halten eine gute Ordnung. Wir machen die 16-km-Runde und kehren mit einem zufriedenen Musher zurück.

Von Ruth aus dem Nachbarort Tväraträsk bekommen wir Zuggeschirre, alle in blau und mit Leuchtstreifen. Bei Berry muss sie wegen Übergröße Maß nehmen und in Sonderanfertigung arbeiten. Am nächsten Morgen hängen alle Geschirre, aus starkem Material bestens gefertigt, am Briefkasten, vorn an der Straße.

Aleska geht es zunehmend besser. Sie säuft viel und frisst sogar. Weiterhin darf sie auch bei Mush im Zimmer schlafen. 3 x täglich mit je 5 – 10 Minuten macht sie freilaufend kleine Ausflüge. Wenn die Fledermaus, ein junger Alaskan mit übergroßen Ohren, der auch im Haus sein darf, zu nahe an ihren Futternapf kommt, fletscht sie sogar schon wieder leicht die Zähne. Aber trotzdem, in diesem Zustand kann sie nicht mit in die polare Wildnis. Martin erklärt sich auch bereit, die Hündin bis zu unserer Rückkehr bei sich zu behalten.

Das Wetter wird nicht besser. Es ist zu warm. Der ohnehin wenige Schnee wird immer weniger. Am Abend regnet es. Der Boden vereist, die Schneeanker halten kaum noch.

Auch in Bäverholmen regnet es. Wir erfahren, dass der Fluß spiegelblank sei. Martin wird uns begleiten, entschließt sich aber, seine Hunde hier zu lassen und den Skoter mitzunehmen. Die schlechte Schneelage ist eine zu große Verletzungsgefahr für seine Hunde. Diese werden aber für die in den nächsten Monaten zu erwartenden Touristen unbedingt gebraucht. Freundin Palmyra wird ihn begleiten und bis zu seiner Rückkehr versorgen die Doghandler den Hof.

Einsame Straße

Vor einer Abfahrt gibt es immer viel zu richten und zu räumen. Mush ist deshalb am nächsten Morgen schon früh auf den Beinen.

Es ist ein hässliches Wetter mit Regen und glatten Straßen. Wir sind aber in unseren Boxen gut aufgehoben und haben zu acht auch wieder reichlich Platz. Es geht zur E 45 und weiter nordwärts. Wenige Kilometer nach Sorsele biegen wir links in eine kleine Nebenstraße ein. Von hier sind es noch 114 km bis zum Straßenende in Adolfström, wo wir unsere gemütlichen Boxen für einige Wochen verlassen müssen.

Der Regen wechselt in Schneeregen, bald in richtigen Schneefall. Der Wagen muss ständig gut Tempo machen, um nicht stecken zu bleiben. Mush sieht am Steuer recht angespannt aus.

Nach 80 km sehen wir den ersten Menschen und nach 94 km begegnet uns das zweite Auto – eines zuviel. Die Straße ist eng, das Auto hält nicht an. Mush steuert ganz rechts ran, eine Idee zu viel. Die Straßengrenze ist unter dem Schnee nicht erkennbar und wie auf Schienen zieht es uns in den Graben.

In dieser wenig befahrenen Gegend braucht es schon Geduld, um ein Bergungsfahrzeug vor Ort zu bekommen. Aber schließlich zieht uns ein Riesen-Räumgerät rückwärts aus dem Graben. Mit 300 Schwedenkronen vergleichsweise preisgünstig. Mush bekommt allmählich Übung in solchen Abhandlungen.

In vorsichtiger Fahrt geht es weiter bis zu dem Wegende in Adolfström. Unsere Reise können wir hier aber nicht planmäßig mit dem Schlitten fortsetzen, denn auf dem Fluss steht zuviel Wasser. Mush bezieht mit Martin und Palmyra, die zwischenzeitlich nachgekommen sind, eine kleine Stuga und wir dürfen nochmals eine Nacht in unseren Boxen verbringen.

Mush ist heilfroh, nach 2.890 km am Ziel seiner Wohnmobilreise angelangt zu sein. Ohne Spikes und das hintere Fahrzeugteil eigentlich immer überladen, war dies ein Wagnis. Wir sind viele hundert Kilometer auf schnee- und eisglatten Straßen gefahren, auf welchen schon ein unvorsichtiges Schalten zur Rutschpartie hätte führen können. Er ist dankbar, dass die Zwischenfälle alle glimpflich ausgegangen sind und er mit acht Hunden, intaktem Fahrzeug und kompletter Ladung hier angekommen ist.

Martin erzählt, dass es Aleska laufend besser geht. Sie spielt bereits wieder mit Duke, dem Haushund, und hat später ihre Lagerstätte in das obere Stockwerk verlegt, wo sie Andrea, der Doghandlerin, beim Nähen Gesellschaft leistet. So hatte sie mit dem 4. Dezember doch noch einen schönen Geburtstag.

Es ist eine sternklare Vollmondnacht. Eine zauberhafte Landschaft, weit dem Fluss entlang. Der Neuschnee gibt allem seine weichen Konturen. Ganz in der Ferne die Berge, still, erhaben und kalt. Es sind inzwischen minus 13 Grad Celsius. Das Wasser auf dem Flusseis wird schon bald gefrieren. Hier bestimmt die Natur den Fahrplan.

Eis

Nach erholsamer Nacht geht es jetzt endgültig nach Bäverholmen. Es hat ca. -15 Grad C und das Wasser über der Eisdecke des Flusses ist gefroren. Martin erhält für seinen Skoter einen Anhänger und nimmt reichlich Gepäck von uns auf. Unser Schlitten wird deshalb nur gut halb voll. Wir starten direkt vom Mobil weg und sind bereits nach knapp 300 m auf dem Flusseis mit leichter Schneedecke.

In flotter Fahrt geht es einige Kilometer entlang der eingesteckten Markierungen dahin. Dann kommen wir über eine kleine Landzunge und vor uns liegt ein spiegelnder Flussarm. Nur an den eingesteckten Markierungen sieht man, dass es klares Eis ist. Der Boden des Gewässers mit allen seinen Gewächsen, Steinen, Unebenheiten und Lebewesen ist überdeutlich erkennbar. Nein, das ist nichts für unsere Leithündin Anuja, keinen Schritt geht sie darüber und widmet sich lieber ein paar Büschen am Rand des Eises. Mush ist klar, dass er uns ohne fremde Hilfe nie über den Spiegel bekommt. Er ankert so gut es die dünne Schneedecke zulässt und bringt einige Dinge in Ordnung.

Plötzlich erinnert sich Anuja wohl daran, wo unser Mobil mit den gemütlichen Boxen steht. Im gesamten Gespann herrscht einheitliche Meinung und mit scheppendem Anker geht es den Weg zurück. Mush steht zwar voll auf der Zackenbremse und brüllt sein 'steh', doch keiner hört hin. Unvermittelt gibt es einen Schlag, wir sind von aller Last befreit. Der Anker hat sich in einer starken Wurzel verfangen und den Schlitten jäh zum Stehen gebracht. Diesem Ruck ist die fast neue Zugleine nicht gewachsen und direkt vor dem Schlitten gerissen. In Eintracht und bester Ordnung sausen wir zurück in Richtung Wohnmobil. Schlitten und Musher sind abgehängt.

Da kommt uns doch ein Schneemobil mit Hänger entgegen, bleibt stehen. Nur nicht hinschauen – vorbei. Doch wir haben die Rechnung ohne Martin gemacht. Er hat die Lage frühzeitig erkannt, nimmt den Halteanker, den er nach unserem Start an sich genommen hat, spurtet ein paar Meter mit, wirft sich zwischen uns und hält sich an der Zugleine fest.

Kein Problem, den nehmen wir einfach mit. Acht laufen und einer wird geschleift. Martin versucht immer wieder, den Anker zu setzen und einmal klappt es wirklich. Zuvor hat er die Ankerleine mit dem Karabiner zwischen den Wheeldogs an der Zugleine befestigt. Es gibt einen gewaltigen Ruck – wir stehen.

Nun kommt die Zeit für Palmyra. Sie hat noch nie einen Skoter gefahren. Nun muss sie gleich mit beladenem Anhänger und ihrem belgischen Schäferhund Duke an der Leine in großem Bogen zu uns kommen. Es klappt. Martin spannt uns vor den Skoter. Es gibt wieder eine Kehrtwendung, zurück zu Mush und unserem Schlitten.

Mush ist bei dem plötzlichen Ruck, als wir ihn abgekoppelt haben, über die Länge des gesamten Schlittens geflogen, wobei er zu Beginn des Abfluges noch mit dem Knie nach Karateart das Querholz unter dem Handbogen zertrümmert hat. In unserer Abwesenheit hat ihn auch noch eine Elchkuh mit ihrem Kalb besucht, was ihn aber in seiner augenblicklichen Situation wenig aufmuntert.

Mit Ersatzzugseilen bringt er ein stabiles Provisorium am Schlitten an. Wir werden wieder davor gespannt und die Leithunde am Anhänger des Schneemobils befestigt, denn wir müssen ja über das Spiegeleis. So bewältigen wir auch tatsächlich dieses eigentlich nur optische Hindernis und dürfen schließlich auch wieder selbst die Führung übernehmen.

Baika und Bonnie

Das alles ist aber zuviel für unsere kleine scheue Bonnie. Sie will nicht mehr. Martin spannt sie aus, dafür Duke ein und gibt Bonnie seiner Freundin auf dem Rücksitz des Skoters. Das will die energische Kleine aber absolut nicht, strampelt sich frei und läuft ein kleines Stück davon. Wir sind überzeugt, dass sie uns nachläuft und ziehen weiter. Weit gefehlt. Martin fährt zurück, doch Bonnie ist verschwunden. Eine erste Suche bringt nichts. Wir fahren weiter, um endlich unser Ziel zu erreichen.

Herzlicher Empfang auf Bäverholmen. Mush richtet sofort das Stake-out, sichert uns. Er lädt das Nötigste ab, trinkt einen Becher Kaffee und fährt mit Martin zurück, um Bonnie zu suchen. Sie setzen die Stirnlampen auf, denn es ist 14 Uhr und schon recht dunkel.

Wo wollen die in diesem unendlichen Gebiet suchen? Sie fahren zur Schlüsselstelle zurück, verteilen sich etwas und beginnen mit der Spurensuche. Martin wird fündig und verfolgt lange die Fährte. Plötzlich endet diese. Das kann nicht sein und siehe, fast direkt neben ihm liegt Bonnie, bewegungslos und zusammengekauert. Sie lässt sich aber nicht von ihm fassen und läuft immer wieder ein Stück weg. Er gibt Mush, der sich schon weit von seinem Standort entfernt hat, Lichtzeichen. Martin dirigiert ihn bis nahe Bonnie's Liegeplatz.

Ganz behutsam nähert sich Mush und kann sie schließlich am Halsband festhalten und beruhigen. Zuerst zu Fuß, den Rest des Weges mit dem Skoter wird sie zum Stake-out gebracht. Alle freuen sich riesig und auch Bonnie ist offensichtlich erleichtert, wieder ihren Platz zwischen Mama Askia und Schwester Baika einzunehmen.

Die Nacht ist recht kalt, so bei nahe -30 Grad C. Wir haben kaum Schnee, der Boden ist von einem dünnen, gefrorenen Weiß überzogen. Da können wir uns auch nicht einbuddeln. Wenigstens schützt ein niederes Gehölz etwas vor dem kalten Wind.

Am nächsten Tag reparieren Martin und Arnold den Schlitten. Der waagrechte Holm unter dem Handbogen ist gesplittert. Mush ist froh, dass sein Knie stärker war und jetzt nur etwas aufgeschürft ist. Dabei hatte er bisher von Karate keine Ahnung. Bei dem anschließenden Flug und der Landung vor dem Schlitten hat er sich trotz seines Bartes noch etwas das Kinn aufgeschlagen. Deutliche Parallelen zu dem Fenstersprung von Anuja vor fünf Jahren. Aber die kleinen Wunden werden heilen und der Schlitten ist bald wieder instand gesetzt.

Schlimmer sieht es mit dem Zugseil aus. Mush hat es vor der Reise auf der Schlittenhundemesse neu erworben. Der Verkäufer versicherte ihm, dass eher der Karabiner reißt als dieses Zugseil. Martin ist empört, er kann beurteilen, dass ein solches Material niemals den Beanspruchungen eines starken Gespanns genügt. Er empfiehlt rechtliche Schritte, denn eine solche Schwachstelle in der Ausrüstung ist lebensgefährlich in der polaren Wildnis.

Mush geht mit uns Hunden einzeln spazieren, damit wir etwas von der Kette loskommen. Nur die beiden Husky-Mädchen Baika und Bonnie nimmt er gemeinsam an die Leine. Seine beiden halben Portionen, wie er sie nennt.

Sie rennen die Roll-Leine aus, erwischen ihn wohl von einem Schritt zum andern. Mush fliegt im Bogen durch die Luft und landet auf dem Schlüsselbein. Gut gepolstert durch die Kleidung ist es zum Glück heil geblieben, nur im Rippenbereich wird es ihn noch lange zwicken.

Ja Mush, man kann seinen Missgeschicken wohl nicht entgehen, ob man jetzt mit dem Mobil fährt, auf dem Schlitten steht oder mit den Hunden spazieren geht. Er hat aber versprochen und meines Wissens auch gehalten, dass er Baika und Bonnie nie mehr halbe Portionen nennen wird.

Schwierige Fahrten

Schönes Wetter, klare Luft, nachts mond- und sternenklar. Die meiste Zeit ist ja Nacht und in den ca. 5 Stunden Tageslicht kommt die Sonne schon lange nicht mehr über den Horizont. Es ist sehr kalt. Mush spannt ein. Er nimmt aber nicht mehr als vier Hunde, denn bei diesen schlechten Bedingungen lässt sich nicht gut bremsen, ankern ist fast unmöglich. Es macht keine Freude und bald sind wir wieder am Stake-out.

Die nächste Nacht ist noch kälter, so um die minus 35 Grad C. Sie dauert auch so lange. Wir haben nur das blanke Eis oder den tiefgefrorenen Boden. Da hört man jetzt doch vereinzelte Klagen. Ich wimmere ordentlich. Soll doch der in der Hütte bei gut 50 Grad Temperaturunterschied und Matratze plus Schlafsack ruhig ein schlechtes Gewissen bekommen.

Es gibt doch noch wahre Hundefreunde. Am nächsten Tag kommt Arnold mit einer großen Fuhre trockenem und herrlich duftendem Heu. An jedem Standplatz wird ein kleiner Berg aufgeschichtet. Anuja, Askia und natürlich auch ich machen es sich sofort behaglich. Auch die Junghunde lernen sehr schnell, die wohlige Unterlage zu nutzen. Jetzt ist die Welt wieder in Ordnung. Eigentlich sieht man nur noch Ohren aus den Heuhaufen spitzen und man hört keine Klagen mehr.

Mit dem weiteren Schlittenfahren ist das so eine Sache. Die beiden Leithunde Anuja und Askia sind richtig zickig, befolgen die Kommandos nicht, wollen ihre eigenen Wege oder überhaupt nicht gehen. Mush wird dadurch nervös und die Junghunde verängstigt.

Von einem Trail kann auch nicht die Rede sein. Das nächste Stück flussaufwärts gibt es trotz der Kälte zu viele offene Wasserstellen. Wir müssen ein Stück über Land fahren. Arnold gibt die Richtung an und turnt vor uns artistisch auf seinem Skoter.

Es ist eine Spur mit vielen Windungen, mit Gräben und Löchern, Wellen, Unebenheiten, mit großen Steinen und Gebüschen, über blanke Erde und dann wieder hängende, vereiste Wasserflächen. Ein Teil des Schlittens hängt fast ständig in der Luft. Doch das Material hält. Nach etwa vier Kilometern kommen wir dann endlich auf festes, mit leichtem Rauhreif überzogenes Flusseis. Hier macht das Laufen Spaß und alle haben Freude an der schnellen Fahrt.

Am nächsten Tag, noch bevor es richtig hell ist, folgen wir Arnold zum Eisfischen in die Berge. Lisa fährt auf ihrem blitzsauberen Skoter mit. Die Route führt auf der anderen Seite flussaufwärts, erst über das gefrorene Moor, dann durch Wald. Es kommt ein Bach oder auch Fluss mit riesigen, aufgetürmten Eisplatten, regelrecht Packeis. Wir Hunde schaffen das schon, doch hinter uns hängt ja noch der Schlitten mit Mush. Wir bringen alles ohne Schaden hinüber und weiter geht es durch den Wald, bergauf. Gut 400 Höhenmeter haben wir zu überwinden.

Lange Zeit fahren wir über eine Hochfläche mit herrlichem Panorama. Die Sonne gibt den Wolken wundersame Verfärbungen, ohne sich selbst zu zeigen. Eisverkrustete, einzelne Bäume, sonst ein weiter Blick nach allen Seiten. Schließlich kommen wir an den Gavasjaure, einen etwa acht qkm großen Gebirgssee.

Arnold und Lisa sind schon bis zum Ende des Sees, zur anderen Bacheinmündung durchgefahren und wir folgen ihren Spuren. Die Angeln hängen weit durch die Eislöcher, doch kein Fisch beißt an. Nach einiger Zeit fahren sie weiter, um ihr Glück an anderer Stelle zu versuchen.

Wir kehren um, denn ein Weg ist gut 20 km lang. Es ist herrlich zu laufen und Mush hat spürbare Freude an uns. In knapp 1 ½ Stunden sind wir zu Hause. Arnold und Lisa kommen erst viel später. Sie haben nur acht kleine Fische gefangen. Das Fischessen wird abgesagt und Mush für morgen zum Elchessen eingeladen.

Unseren beiden kleinen Huskymädchen geht es, seit wir hier sind, nicht besonders gut. Sie fressen wenig bis nichts. Mush muss sie öfters mit der Hand füttern, bei -26 bis -28 Grad C bestimmt kein Vergnügen. Bonnie ist schon klapperdürr. Bei dieser Kälte braucht man aber Widerstandskraft. Die Läufigkeit setzt sich nicht durch, doch will Mush vorsichtig sein und ab und zu nur einen Damenausflug arrangieren. Baika verheddert sich sowieso immer in den Leinen und welcher Rüde kann schon einem heißen Mädchen, dazu noch verschnürt, widerstehen.

Heute sind wir ein größeres Stück auf dem Fluss, dem Laisälven, gefahren. Der Zugang wird aber immer schwieriger. Wenn wir frisch von der Kette kommen, kann uns kaum noch etwas aufhalten. Die Windungen sind aber so eng, dass der Schlitten nicht mehr folgen kann und immer wieder über die Kanten wegbricht. Die Stellen der vereisten Wasserüberflutungen kennen wir aber jetzt schon genau und können inzwischen auch geschickt damit umgehen. Vier aufregende und für Mush strapaziöse Kilometer.

Entspannt und in gleichmäßiger Fahrt geht es auf dem Flusseis weiter. Die Umfahrung der Stromschnellen ist eine kleine Abwechslung, bietet aber keine Probleme. Eine eisdünne Einmündung lässt sich etwas später jedoch nicht einschätzen. Da kehren wir um, denn Mush hat keine Lust zum Baden, will lieber zum Elchessen.

Elche

Bei unserem langweiligen Fertigfutter erzählt uns Mush von dem gemeinsamen Essen des vergangenen Tages. Es gab geschnittene Kartoffeln aus dem Rohr, feines Elchfleisch mit Champignoncreme und Preiselbeergelee, alles sehr heiß serviert. Dazu einen gemischten Salat. Später Eis mit halben Birnen und gemischten Früchten. Es folgte Kaffee und schließlich in kleinen Gläschen etwas heißes, alkoholisches mit Rosinen.

Viel Unruhe gibt es am nächsten Tag, einem Sonntag, an unserem Stake-out. Wir bekommen einen ganz aufregenden Geruch in die Nase. Alle Schnauzen zeigen nach Westen, von dort erhalten wir die Witterung.

Ich werde so unruhig, dass ich mich schmerzhaft einklemme. Mush muss mich kurz von der Kette lösen und neu anbinden. Er hat dabei Mühe, nicht von mir fortgerissen zu werden. Keine Ahnung hat er, was uns so außer Rand und Band bringt. Er überprüft gründlich die Befestigung des Stake-out, kann uns tatsächlich etwas beruhigen und verschwindet wieder in seiner Hütte.

Synchron drehen unsere Schnauzen ganz langsam von West nach Süd. Dort zieht ein großes, dunkles Ungeheuer in aller Ruhe und nur 6 – 8 m von unserem Lagerplatz entfernt in Richtung Südosten. Mush entdeckt am nächsten Morgen riesige Spuren und sagt, dass ein Elch vorbeigezogen ist. Arnold bestätigt, er hat etwas östlich von unserem Lager einige Salzbrocken ausgelegt.

Das war wenigstens ein lebendiges Tier. Auf dem großen Platz vor dem Hause liegt, steifgefroren, ein toter Elch.

Der Bruder von Arnold hat ihn vor zwei Wochen geschossen. Als das Opfer fällt, richtet sich der Schütze auf, reißt die Arme in die Höhe – und sackt ebenfalls zusammen – Herzschlag. Seine Frau beziehungsweise Witwe will den Elch nicht mehr. Arnold selbst hat genügend Vorrat und so verbleibt einstweilen die Jagdbeute in der hier natürlichen Kältekammer.

Arnold und Lisa müssen jetzt für zwei Tage zur Beerdigung ihres Bruders/Schwagers. Sie machen sich Sorgen um Mush und uns und bitten, dass wir doch während ihrer Abwesenheit nicht in die Berge fahren. So wenig Schnee es auch hier unten hat, in den Bergen gibt es durch den scharfen Wind hüfthohe Verwehungen. Man ist einer Meinung, ohne Hunde, Schlitten und Schneeschuhe kommt ein Mensch bei diesen Verhältnissen nicht einen Kilometer weit.

Regen im Dezember

Es schneit endlich, wunderschön und scheinbar ergiebig. Durch die Nähe des Golfstromes sind sehr kurzfristige Wetterwechsel möglich. So geht aber auch der flockige Niederschlag schon im Lauf des Abends in einen dauerhaften Regen über. Ich muss schon kräftig wimmern, bis endlich Mush aus der Hütte kommt und verwundert die neuen Verhältnisse zur Kenntnis nimmt. Regen bei 0 Grad ist auch für einen richtigen Husky unangenehm.

Mush bastelt mit einer alten Stake-out-Kette einen Anhang auf der überdachten Veranda. Für mich und meine beiden Schwestern eine feine Sache. Doch für die fünf Junghunde kommt dieser Platz nicht in Betracht. Die Rüden fürchten meine Nähe und die Mädchen haben sowieso Angst vor allem Neuen. So stehen sie pudelnass auf ihren eisig verregneten Heuhaufen und es stürmt und regnet weiter.

An der windgeschützten Ostseite der Hütte erhalten wir am nächsten Morgen ein neues Stake-out. Der Boden ist mit Moos und Beerensträuchern bedeckt, auch liegt noch etwas lockerer Schnee. Sonst steht überall Wasser und Matsch, die Erde ist teilweise eisglatt.

Schlimm schaut der Fluss aus. Stehendes Wasser, Schneematsch, Spiegeleis oder überhaupt Undefinierbares. Unmöglich, hier zu fahren. Es muss wieder frieren und möglichst ein paar Zentimeter hoch schneien. Bis Weihnachten sind es nur noch wenige Tage und Mush wollte Heiligabend zu Hause sein. Es wird ihm nicht gelingen.

Auch Arnold bestätigt nach seiner Rückkehr, dass der Laisälven unfahrbar ist. Das Wasser steht knietief. Mit seinem Skoter ist er offensichtlich eine Art Wasserski gefahren. Als Weg gibt es nur den Kungsleden, hier jedoch ein windungsreicher Wanderpfad zwischen hohen Bäumen und Felsblöcken, für Schlitten nicht passierbar.

Nachdem wir auf dem Fluss, überhaupt im Tal, nicht mehr fahren können, bahnt uns Arnold mit dem Skoter eine Spur durch die unwegsame Wildnis zu den nördlich gelegenen Bergen. Hier wollen wir oberhalb der Baumgrenze auf der zu erwartenden windgepressten Schneedecke ohne Vorspur den Gaitsvalle mit dem Bergsee Gaitsjaure erreichen.

Mush versucht es zunächst mit sechs Hunden, doch das Gelände ist zu schwierig, die Zugkraft zu stark, um die Hindernisse ohne Materialbruch oder Sturz zu bewältigen. Am nächsten Tag versucht er es zweimal mit einem Vierergespann, doch seine Leithündinnen leben ihm wirklich zu Leide. Sie gehen bis zu einem bestimmten See, drehen eine Ehrenrunde und ab geht es, wieder nach Hause. Wir kommen einfach nie weiter. Mush ist der Verzweiflung nahe und fasst den Entschluss, mich, Anuk, als Leader einzusetzen.

Fjälltouren

Ins Wheel, also direkt vor den Schlitten, kommen die kräftigen Rüden Balto und Berry, die Hündinnen dürfen pausieren. Endlich mal eine vernünftige Idee von Mush und die folgende Fahrt sollen seine Tagebuchnotizen im Original erzählen:

" …..und ab gehts, erstmals mit Anuk als Leader

       Anuk

   Balto - Berry

Und der Bursche hält sich großartig. Verfolgt stets die Spur, geht aber bei der Endrunde von Anuja auf kurzes Kommando klar weiter. Er führt souverän, hat nur 2x durch zu starke Wildgerüche kurze Ablenkungen. Es geht lange Zeit bergan, aber die Burschen schaffen unglaublich.

Links steht eine mächtige Elchkuh mit ihrem Kalb. Keine 100 m, sie schauen zu uns herüber, stehen ruhig. Die Hunde jaulen, ich treibe sie zur Eile, sie bleiben auf ihrer Spur. Wir haben viel Höhe geschafft und nach Überquerung zweier kleiner, tiefverschneiter Bergseen halte ich an und wende. Es ist schon 13 h vorbei und um 15 h ist es dunkel. Wir müssen zurück. Nur Anuk, der Kraftbolzen, will weiter, will auch nicht stillstehen. Es geht einwandfrei retour, wenn ich auch öfters bei den Gehölzen, umgestürzten Bäumen etc. um meine Bremsmatte fürchte. Noch nie war das Zugseil auf Dauer bei einer längeren Tour so gespannt wie heute."

Ich habe alle gut zum Stake-out zurückgebracht und einige Pluspunkte gesammelt. Arnold kommt und füttert uns mit Elchfleisch. Endlich eine Abwechslung zu dem langweiligen Fertigfutter.

Am nächsten Tag werde ich wieder als Single-Leader eingespannt. Wir sind fünf Hunde im Geschirr und erleben eine zwar anstrengende, doch famose Fahrt. Die Leaderposition bleibt mir für die restliche Zeit unseres Aufenthaltes.

Bei unserer Rückkehr liegt am alten Stake-out ein großer Wall von frischem Heu. Wir lassen uns, noch am Schlitten, sofort darauf nieder. Die drei, welche an dem unwirtlichen letzten Standort hängen, jaulen, wollen umgesiedelt werden. Mit einer solchen Unterlage sieht doch die kalte Welt gleich wieder um vieles freundlicher aus. Damit nicht genug, bringt doch Arnold auf seinem Skoterhänger einen Hackklotz, eine Axt, zwei riesige Elchläufe und noch zwei große Stücke vom Elch.

Mush müht sich ab, um handliche Portionen zu hacken, denn bei der Kälte sind Knochen und Muskel fast eins und ähnlich hart. Es splittert sehr viel ab, doch wir putzen unsere Rationen weg. Und was er mit der Axt nicht klein kriegt, das schaffen wir mit den Zähnen.

Wie bei ihm so üblich, kommt die gute Idee erst mit einigem Zeitverzug. Er bringt die Elchläufe in die Wärmekammer der Hütte. Am nächsten und übernächsten Tag lassen sich saftige Fleischstücke wunderbar und ohne Mühe ablösen. Die Knochen mit restlichen Faserstücken sind eine willkommene Zugabe und Beschäftigung und werden gleichfalls restlos beseitigt. Ja, bei solchen

Mahlzeiten und einem heugepolstertem Lager kann man von einem glücklichen Hundeleben sprechen.

Aber auch Mush lässt es sich gut gehen. Er hat Arnold und Lisa eingeladen und aus seinen Vorräten folgendes, in seiner Zusammenstellung etwas seltsames Menü gezaubert: Tomatensuppe mit Reis und Einlage – Miracoli – Kaiserschmarrn mit Rum–Rosinen, getrockneten Aprikosen und Pflaumen – Cappuccino. Ein netter Abend und alle sind satt geworden.

Am nächsten Tag geht es wieder in die Berge. Da Anuja recht zickig ist, Bonnie noch keine Kondition hat, fahren wir im Sechserzug. Neben mir im Lead die flinke Askia. In wildem Husarenritt geht es die ersten zwei Kilometer durch schwieriges, meist vereistes Gelände. Dann wird der Schnee und die Spur besser. Hier können wir richtig arbeiten, Mush steigt die gesamten 350 Höhenmeter nicht ein einziges Mal ab. Wir überqueren den Gaitsjaure, fahren weiter nach oben bis zu dem steil abfallenden nordöstlichen Bergrand. Viele hundert Meter unter uns liegt das Tal des Tjallasjaure, in welchem auch die Grenze zum Pieljekaise Nationalpark verläuft. Doch wir haben keine Sicht. Ein scharfer Ostwind peitscht uns hier an der Kante die feinen Schneekristalle ins Gesicht und wir kehren in einem großen Bogen um.

Ein diffuses Licht, die baumlose Hochebene, ein konturloses Weiß, es ist schwierig, sich hier zu orientieren. Mush ist froh, als wir nach einiger Zeit wieder auf unsere Spur stoßen. In schnellem Tempo geht es abwärts, zurück zu unserem Heuwall.

Darauf hat die jetzt doch frustrierte, zurückgebliebene Anuja nur gewartet. Sie stürzt wie eine Furie auf ihre

Schwester Askia. Eine muss ja schuld sein, die eigene Launenhaftigkeit wird ignoriert. Mush hat Mühe, die beiden zu trennen.

Heiligabend

Weiteres Elchfleisch wird portioniert, wir erhalten volle Schüsseln mit saftigen, leicht rötlichen Filets. Köstlich – da haut sogar unsere Bonnie wieder voll rein.

Auf dem breiten Flussarm steht zwar noch Wasser, er ist aber wieder voll passierbar. Mush begleitet Arnold und Lisa auf deren Schneemobil nach Adolfström. Dort richtet Niklas mit seiner Familie die Weihnachtsfeier aus. Neben seinen beiden blonden Kindern und den Schwiegereltern ist noch gut die Hälfte der 23 im Winter sesshaften Einwohner des Ortes anwesend. Überraschend viele sprechen recht gut deutsch, so auch zwei weitere Kinder des Dorfes und eine in Norwegen arbeitende Krankenschwester, die auf Besuch ist.

Das in mehreren Gängen servierte Essen ist schmackhaft und reichhaltig. Bei den Getränken besteht eine gute Auswahl. Der Weihnachtsmann, in einen langen roten Mantel gekleidet, verteilt aus seinem großen Sack viele Geschenke. Zum Glück kann auch Mush noch einiges beisteuern wie deutsches Bier, Nürnberger Lebkuchen, Bildkalender und anderes. Der Abend verläuft in einem geselligen, harmonischen Zusammensein und es ist schon spät, bis Mush wieder im Camp eintrifft.

Die anschließenden zwei Weihnachtstage gestatten noch schöne Ausfahrten. Endlich haben wir Schnee wie es sein soll. Unsere Schlittenfahrten in dem weichen Weiß durch die jetzt verschneite nordische Zauberwelt bildet einen wunderschönen Abschluss unseres an Abwechslung reichen Aufenthaltes.

Mush will jetzt nach Hause. Der Weg zum Wohnmobil über die Weite des Laisälven ist auch mit beladenem Schlitten wieder gut befahrbar.

Heimkehr

Packen, verladen, alles in Ordnung bringen, von Lisa Abschied nehmen, sieben Hunde einspannen und Bonnie in den Schlittensack stecken. Ab geht's, doch mit diesem, für mich neuen Rückweg kann ich mich als Leader noch nicht so recht abfinden. Prompt bleiben wir an dem noch immer im Hof liegenden Elchrumpf hängen. Wir umkreisen das Wohnhaus und kommen schließlich mit Hilfe von Arnold in die ungefähre Richtung nach Adolfström, das wir auch nach einigen Korrekturen schließlich erreichen.

Hier steht das Wohnmobil mit unseren geliebten Boxen. Zunächst kommen wir nochmals an das Stake-out. Der Schlitten wird ausgeladen und auf dem Mobildach festgezurrt, die Utensilien im Wagen verstaut. Der Motor springt auf Anhieb an. Mush verabschiedet sich von Niklas und Familie bei Kaffee und einem kleinen Imbiss. Endlich kommen wir in die Boxen und kurz vor 14 Uhr, es dunkelt schon, rollen die Räder.

Für die etwa 40 km nach Laisvall haben wir nur eine schmale, windungsreiche, eisglatte Straße, aber zum Glück kommt uns den gesamten Weg nichts entgegen. Doch ausgerechnet an einer Steigung quert eine Elchkuh. Das nachfolgende Kalb zögert, springt aber im letzten Moment doch noch auf die andere Seite. Ein Bremsvorgang an dieser Stelle und wir hätten nie mehr aus eigener Kraft den restlichen Anstieg geschafft. Und einen vereisten, kurvigen Weg rückwärts hinabrollen, da kann man sich gleich den günstigsten Graben aussuchen. Trotzdem, bei unserem Mush wäre dem Kalb bestimmt nichts passiert.

Am Abend sind wir in Norrbränna und haben eine freudige Begrüßung mit Aleska, der es inzwischen schon wieder richtig gut geht. Sie wurde aus dem Hause ausquartiert, in einen Zwinger mit läufigen Mädchen untergebracht. Wie wir so nebenbei erfahren, hat sich eine Hündin recht frech zu ihr benommen. Die hat sie tüchtig verhauen, doch es war leider ein Lieblingshund von Martin. Sofortige Evakuierung war die Folge.

Bei starkem Schneefall geht es am nächsten Tag weiter in Richtung Heimat. Idyllisch sind immer wieder die weihnachtlich beleuchteten Häuser in der makellosen Schneelandschaft. Der Fahrer sollte sich aber nicht zu sehr ablenken lassen, denn nur mit Mühe ist eine Kollision mit plötzlich auftauchenden Rentieren zu vermeiden.

Einen Tag später, wir haben Sundsvall passiert, sehen wir zum ersten Mal nach mehr als vier Wochen wieder die Sonne. Wir stehen an einer Tankstelle und sehen zu, wie der schmale Lichtstreifen am Horizont zu seiner vollen leuchtenden Rundung anwächst. Dieses so lange vermisste Licht wandert eine kurze Zeit immer nur knapp über dem Horizont in Richtung Süden und ist schon bald wieder verschwunden.

Bis wir Stockholm erreichen ist es bereits dunkel. Die kreuzungsfreie Autobahn führt uns mitten durch das unendliche Lichtermeer dieser stilvollen Großstadt.

Etwa eine Fahrstunde später geht Mush in einer Autobahnraststätte zum Essen. Anschließend fährt er mit uns auf einen benachbarten Rastplatz und richtet das Stake-out. Als erste holt er Askia aus der Box. Diese kommt ihm aus, nutzt die Gelegenheit, untersucht die

Umgebung und trabt schließlich in Gegenrichtung der Einfahrt auf die E 4. Der starke Gegenverkehr ist ihr wohl nicht geheuer. Sie kehrt um und läuft nun am Rand der E 4, jedoch auf der Autobahnseite des Zaunes, der die Straße vom Rastplatz trennt.

Ein Auto hält trotz des starken Verkehrs am Rand der Autobahn. Eine Frau steigt aus, will den Hund fangen, retten. Das lässt Askia nicht zu, kehrt aber immerhin um und nähert sich wieder unserem Rastplatz, jetzt diesseits des Zaunes.

Zwei Männer helfen Mush, doch Askia lässt sich in keine Enge treiben. Berry, ihr Sohn, wird aus dem Mobil geholt und angebunden. Askia begrüßt ihn, lässt sich aber von niemandem greifen. Sie entfernt sich wieder, dieses Mal in das angrenzende Unterholz. Sie ist jetzt von uns nicht mehr zu sehen, sicher hat sie aber selbst alles im Blick.

Jetzt hilft nur noch ein Trick. Mush verständigt sich kurz mit seinen beiden Helfern, dann holt er Aleska aus dem Wagen. Wie der Blitz schießt Askia aus dem Versteck und stürzt sich auf die verhasste Schwester. Mit Hilfe der Männer trennt Mush die beiden und kettet sie sicher und mit genügend Abstand an. Wir sind wieder komplett.

Ohne weitere Zwischenfälle kommen wir zwei Tage später, pünktlich zur Silvesterfeier, im Allgäu an. Wir werden freudig begrüßt und keiner trägt uns nach, dass wir eigentlich genau eine Woche Verspätung haben.

5.800 Fahrkilometer haben wir in unseren Boxen zugebracht, die Kilometer vor dem Schlitten hat keiner gezählt. Wir inspizieren die Zwinger, die wir vor sechs Wochen verlassen haben. Wir sind zu Hause. Eine erlebnisreiche Reise liegt hinter uns, doch die große Überraschung steht noch bevor.

Aleska

Schnell haben wir uns wieder eingelebt und können jetzt auch im Allgäu einige Schlittentouren unternehmen. Ende Januar fahren wir zu einigen Trainingsfahrten und einem kleineren Rennen ins Fichtelgebirge. Anfang Februar setzen wir nach Schöneck in Thüringen um. Dort nehmen wir an einer MD, Mittelstreckendistanz über 40 km, teil.

Alles ist gut vorbereitet, doch schon nach wenigen Kilometern schwächelt Aleska. Mush gibt uns eine kleine Pause, die aber bei der Hündin nur kurzfristig eine Verbesserung bringt. Also wird sie verladen, das heißt in den Schlitten gepackt. Etwa 35 km ist sie unser Fahrgast. Erst kurz vor der Zieleinfahrt wird sie unruhig, steht breitbeinig im Schlitten und genießt den Beifall und das Lachen der Zuschauer.

Mush kommt das alles etwas seltsam vor. Er betrachtet sich Aleska genauer und telefoniert mit Martin, der die Hündin im Dezember in Obhut hatte. Aber nein, bei ihm wäre keinesfalls etwas passiert. Da müsste sie dann schon eher auf der Heimfahrt eine Liebelei gehabt haben. Doch da hatte Aleska immer ihre eigene Box. Nun, das Gebärdatum wird es uns verraten. Hündinnen haben eine Tragezeit von etwa 63 Tagen.

Die ersten Welpen erblicken am 24. Februar das Licht der Welt. Es ist eine schwere Geburt, die sich über 2 ½ Tage hinzieht. Die Tierärztin verzichtet auf einen Kaiserschnitt und gibt manuelle Hilfe bei den Geburtsakten. Zum Schluss haben wir acht gesunde Welpen, nur zwei überlebten den Geburtsstress nicht.

Vier der Hündchen haben die schwarz-weiße Farbe der Mama, die vier anderen sind braun-weiß. Wer ist nun wohl der Vater? Bei den 56 Hunden von Martin keine leichte Aufgabe.

Mush zieht das Doghandlerpaar zu Rate, welches im Dezember noch die vielen Hunde betreute, im Frühjahr jedoch in die Schweiz zurückgekehrt ist. Doch auch diese haben zunächst keine Erklärung. Erst im folgenden Jahr, als Patrik den inzwischen einjährigen Crenuk sieht, fällt ihm die Ähnlichkeit sofort auf. Der Vater ist Karlson, Martins bester Hund, der nicht nur schnell laufen sondern auch gut klettern kann.

Für Karlson eine geile Sache, wenn die heiße Aleska bei ihren abendlichen Ausgängen vor seinem Zwinger promenierte. Da kann doch kein Zaun zu hoch sein! Und auf dem gleichen Weg wieder zurück? Oder hat uns Martin da vielleicht doch etwas verschwiegen?

Vielseitigkeitslauf

Im Herzen des Schwarzwaldes findet bei ausreichender Schneelage nahe dem kleinen Ort Schönwald oberhalb Furtwangen jährlich ein interessanter Wettbewerb statt. Ein abwechslungsreicher Trail in herrlicher Landschaft, gespickt mit 10 – 12 Hindernissen, ist jeweils am Samstag und Sonntag mit vollbeladenem Schlitten, pro Hund mindestens 8 kg Last, zu befahren.

Wir haben in drei oder vier Jahren teilgenommen und sind stets mit Freuden gekommen. Aufmerksame Gastfreundschaft, nette Kollegen, gepflegter Trail mit vielen Abwechslungen und fast immer gibt es besondere Erlebnisse.

Die Hindernisse sind vielfältiger Art. Bei einem muss man zum Beispiel eine Gattertüre öffnen. Das bedingt ein vorheriges Halten, Schlitten sichern. Der Musher steigt ab, läuft vor, öffnet die Türe. Dann zurück zum Schlitten, Sicherung lösen, durchfahren, wieder halten und die Türe schließen.

Ein anderes Hindernis ist eine künstliche Brücke. Rechts und links sind aber natürliche Wege angelegt. Welcher Leader geht da schon gern einen für ihn unsicheren Steg, wenn ein sicherer Weg daran vorbei führt.

Ein Hindernis bereitet aber wohl allen Mushern mit mehreren Hunden einiges Kopfzerbrechen. Der Trail ist für den Schlitten unpassierbar, die Hunde müssen ausgespannt, das Gefährt um das Hindernis geschoben und dann die Hunde wieder eingespannt werden. Das klingt einfach, doch selbst der stärkste Mann kann acht kräftige Schlittenhunde, die rennen wollen, nicht halten. Eher bringt er einen Ochsen oder ein Pferd zum Stillstand.

Eine Möglichkeit wäre absoluter Gehorsam der Hunde und strikte Befolgung der Kommandos. Das war uns allerdings weder in die Wurfkiste gelegt, noch bei der späteren Erziehung erfolgreich nahegebracht worden.

Also bastelt unser Mush und wahrscheinlich auch die anderen eine abnehmbare Sicherung der Hauptleine mit zweitem Karabiner zu der Aufhängung am Schlitten. In einem etwas komplizierten doch folgerichtigen Vorgang kann jetzt das ganze Gespann am Hindernis ohne Risiko umgesetzt werden. Unser Achtergespann hat zwar nicht siegreich, doch mit Eifer und Bravour den Parcour an beiden Tagen bei diesem ersten Rennen erfolgreich bewältigt.

Ein oder zwei Jahre später klappt das Ganze nicht so gut. Hauptsächlich lag es daran, dass Mush wieder mal eine Sache nicht richtig peilte.

Schon das erste Rennen am Samstag verläuft ziemlich holperig. Es ist viel Unruhe in der Meute. Anuja, unsere Leithündin, kommt offensichtlich in Hitze. Sie teilt mit mir die obere Doppelbox im Wohnmobil. Kurzerhand verlegt sie Mush in eine Einzelbox und gibt mir die zierliche Baika als Gefährtin. Er hat keine Ahnung, wie tollpatschig diese Maßnahme ist.

Anuja hat sich die Sache genau gemerkt, denn mit diesem Quartiertausch ist sie überhaupt nicht einverstanden. Beim Sonntagslauf konzentriert sie sich kaum noch auf ihre Leaderaufgaben. Ihre Aufmerksamkeit gilt mehr und mehr der schräg hinter ihr laufenden Baika. Da hilft auch alles kommandieren, schimpfen und drohen von Mush nichts mehr und bald ist mitten auf dem Trail eine wüste Keilerei zu Gang. Die bullige Anuja hätte leichtes Spiel mit der kleinen Baika gehabt, doch das lässt deren Mutter Askia nicht zu und hält ordentlich dagegen.

Trotzdem kann Mush die Beißerei bald unterbinden, doch alles beschwichtigen, beruhigen, umspannen etc. kann die Aufregung und Nervosität nicht beseitigen. Wir quälen uns die kurze, gefahrene Strecke zum Start zurück. Ich glaube, das ist das einzigste Mal, dass wir ein Rennen nicht zu Ende gefahren sind. Was kann denn die arme Baika dafür, wenn sie in meiner Box landet? Doch den Musher darf man niemals beißen, da muss man eben den Groll an den Kollegen auslassen.

Noch einmal fahren wir zum Vielseitigkeitslauf, zu einem Erlebnis besonderer Art. Unser A-Gespann mit 7 oder 8 Hunden ist gemeldet. Mush will aber uns Oldies, also mir und meinen drei Schwestern auch die Möglichkeit zum Laufen geben und so werden wir in C1= 4 Hunde, reinrassig, Sibirian Husky, gemeldet. Die Rennleitung ist entgegenkommend und legt den Zeitplan der Startfolge entsprechend, dass Mush beide Gespanne nacheinander fahren kann.

Wir reisen schon am Freitag an und verleben bei Sonnenschein, Schnee, frischer Schwarzwaldluft, in herrlicher Landschaft einen gemütlichen Nachmittag. Bald versammeln sich einige Jugendliche um unser Camp, fragen Mush Löcher in den Bauch über uns Hunde und dürfen einige von uns, darunter auch ich, spazieren führen. Eine willkommene Gelegenheit, vorübergehend von der Stake-out-Kette loszukommen und zu erschnüffeln, was sich so alles in der Gegend herumtreibt.

Es sind nette, natürliche Jungens und Mädels, die sich mit uns beschäftigen.

Samstag ist der erste Durchgang des Rennens. Der Trail ist gut, doch die Hindernisse sind in diesem Jahr ziemlich mickrig aufgebaut. Sie sind auf kurze Gespanne mit vier, max. 6 Hunden dimensioniert. Tatsächlich ist auch das Achtergespann von Mush das einzigste in dieser Kategorie.

Dieses hat nun auch seine Probleme. Zum Beispiel bei dem Hindernis 'Sackgasse', da muss auf engem Raum gewendet werden. Das Gespann hat von der Schnauze der Leader bis zum Kufenende des Schlittens eine Länge von gut 18 m, vergleichbar mit einem Truck oder Überland-LKW mit Hänger, die 20 m nicht überschreiten dürfen. Das Gewicht des Schlittens mit Gepäck liegt bei nahe 70 kg und muss praktisch um 180 Grad gedreht werden. Und das in dem viel zu engen Pferch.

Hinzu kommt noch ein hauseigenes Problem. Die beiden Leader, Brüder aus einem Wurf, schöne, stolze Hunde von hohem Wuchs, sind sich spinnefeind. Kommen sie sich zu nahe, gibt es unweigerlich eine Rauferei. Sie werden deshalb nie zusammen, sondern stets im Wechsel als Leader eingesetzt. Der andere arbeitet dann als Wheeldog, direkt vor dem Schlitten.

Ich hatte mit beiden keine Schwierigkeiten. Sie zeigten keine Ambitionen, meine Stellung als Rudelführer in Frage zu stellen. Das probiert nur immer wieder dieser aufgeblasene Angeber Balto.

Crenuk hat in Gestalt und seiner überwiegend braunen Fellfärbung das Aussehen eines Wolfes. Er ist sehr scheu, doch Mush und seinem Rudel treu ergeben.

Chinook besitzt die typische schwarz-weiße Husky-färbung, ist etwas schlanker und auch bei fremden Personen recht zugänglich.

Chinook wurde im Welpenalter von 10 Wochen an ein junges Paar abgegeben, kam aber mit etwa einem Jahr wegen eines Wohnungswechsels der neuen Besitzer wieder zu uns zurück. Steffi, die Enkelin von Mush, nur ein Jahr älter als Chinook, spielte öfters mit ihm und allmählich ging das Steiff-Tier 'Tigerle' in seinen Besitz über. Es wurde mit der Zeit etwas klebrig und unansehnlich, doch nie hat es auch nur den geringsten Schaden genommen. Dieser eisenharte und doch so sensible Chinook suchte und fand bei seinen Spielbesuchen in der Wohnung immer wieder seinen Pflegling aus Plüsch und behandelte ihn stets mit äußerster Sorgfalt.

Crenuk und Chinook halten im Gespann schon Disziplin, doch darf man sie nicht zu sehr herausfordern. Lenkt man bei einer Wende den Leader direkt an seinem Feindbild im Wheel vorbei, kommt es unweigerlich zur Rauferei. Deshalb ignoriert Mush mit seinem größeren Gespann das Hindernis Sackgasse und verzichtet auf diese Punkte. Er bedachte aber nicht, dass bei einem fehlenden Versuch, ein Hindernis anzufahren, noch eine Menge Strafpunkte dazu gerechnet werden. So hatten wir, das Oldie-Team, schon bei Halbzeit mehr Punkte eingefahren, als das vielgelobte A-Team. Das ließ sich am nächsten Renntag noch etwas angleichen, aber nicht mehr umdrehen.

Für den Spätnachmittag ist die Siegerehrung im benachbarten Gasthaussaal angesagt. Inzwischen hat sich die halbe Dorfjugend an unserem Stake-out-Platz versammelt. Es ist ein fröhliches und lustiges Treiben. Die Kinder haben ihren Spaß, uns zu streicheln und zu knuddeln und wir freuen uns über die muntere Gesellschaft.

Als Mush nun zu der Abschlusszeremonie geht, folgen ihm 15 oder 16 Buben und Mädchen, alle im Alter von etwa 7 – 13 Jahren. Am Eingang des Saales muss jedes der Kinder eine Cola oder Fanta kaufen, um eingelassen zu werden. Innen schiebt man ein paar Tische zusammen und unser junger Fanclub verfolgt alles mit großer Aufmerksamkeit. Jede Erwähnung und Auszeichnung unserer beiden Teams wird lautstark mit großem Beifall begleitet. Wir haben richtige Fans und Freunde.

Selbstverständlich will Mush mit uns im kommenden Jahr an diesen Ort zurückkehren. Doch zu dem angesagten Renntermin liegt kein Schnee. Beim Ersatztermin im März bieten sich jedoch beste Bedingungen. Wir machen uns schon abfahrbereit, doch müssen wir von der Organisationsleitung erfahren, dass kein Wettbewerb durchgeführt wird. Eine nachvollziehbare Begründung erhalten wir nicht.

So ist leider das Wiedersehen mit den netten Jungens und Mädels von Schönwald und Umgebung, die uns sicher auch wieder gern begrüßt und mit uns herumgetollt hätten, nicht möglich.

Laika

Ein ruhiger Sonntag nachmittag. Wir dösen in den beiden Freiläufen. Mush und sein Freund Blasi sitzen am Gartentisch ganz in unserer Nähe und unterhalten sich. Die beiden kleinen, blonden Buben von Blasi spielen in Sichtweite.

Das Läuten des auf dem Tisch liegenden schnurlosen Telefons unterbricht die friedliche Ruhe. Der Anrufer ist unser übernächster Nachbar in südlicher Richtung aus dem etwa 2 km entfernten Weiler Brandholz. Er berichtet, dass unten im Tal in der Nähe von Grönenbach ein Husky herumirrt. Es ist an der Stelle, wo Autobahn und Eisenbahn ein Stück fast parallel verlaufen. Ein dort wohnendes Paar habe den Hund vorübergehend aufgenommen.

Mein Rudel ist vollzählig. Mush kann das mit einem kurzen Überblick feststellen. Wem gehört der fremde Hund? Oder wurde er ausgesetzt? Die Nähe von Autobahn und Bahnlinie sprechen dafür.

Blasi ist gebürtiger Allgäuer, schon immer in dieser Gegend wohnhaft, selbst Besitzer eines Rudels von Schlittenhunden. Er war in den Jahren 2000 bis 2002 amtierender Weltmeister im Skijöring mit 2 Hunden. Den Titel erkämpfte er sich gegen die Besten der Welt in Fairbanks/Alaska. Er kann bald einen entscheidenden Hinweis geben.

Mush, sein Freund und die Kinder fahren mit dem Auto zur Fundstelle des Husky's, anschließend zu dessen Heimatadresse. Es ist ein ehemals abgebrannter Bauernhof im Großraum von Reicholtsried. Die großzügige Stallung wurde nach modernen Gesichtspunkten wieder aufgebaut und an einen anderen Bauer zur vorübergehenden Unterstellung seiner Rinder verpachtet. Dieser modernisiert derzeit seinen eigenen Stall.

Das Wohnhaus sieht aber noch schlimm aus. Verkohlte Dachbalken ragen gegen den Himmel und offensichtlich ist nur ein Teil der Räume bewohnbar. Im Garten steht ein einfacher, doch stabiler Zwinger mit Hütte, Standort des Ausreißers. Bei diesem handelt es sich um eine ältere, zierliche Husky-Hündin mit grauweißer Zeichnung. Es ist ein ganz liebes, sympathisches Hundemädchen mit Namen Laika.

Zwei Wochen sind vergangen, es ist wieder Sonntag nachmittag und das Telefon läutet. Dieses Mal sind es Leute aus dem östlichen Randgebiet von Grönenbach und melden, dass sie eine freundliche, kleine Huskyhündin aufgenommen haben. Sie irrte in der Gegend herum und ließ sich auch willig einfangen.

Mush fährt die ca. zehn Kilometer zum Fundort bzw. augenblicklichen Aufenthaltsort und tatsächlich, es ist Laika. Gestreichelt und verwöhnt gefällt es ihr offensichtlich in der neuen Umgebung. Trotzdem, die Telefonnummer ihrer Heimatadresse wird angewählt und die Rückführung veranlasst.

Einige Wochen vergehen bis zu einem Anruf von dem ca. 15 km entfernten Tierheim in Memmingen. Die Leiterin erzählt, dass schon ca. zwei Wochen eine Husky-Hündin bei ihnen weilt, doch der Besitzer bis jetzt nicht ermittelt werden konnte. Mush macht sich so seine eigenen Gedanken, gibt die Beschreibung und tatsächlich, es ist wieder einmal die kleine Laika. Mit Durchgabe der Telefonnummer des Besitzers und dessen direkte Benachrichtigung sollte auch dieses Mal die gesunde Heimkehr der Hündin geglückt sein.

Laika ist nicht einfach nur eine Ausreißerin. Wir konnten zwischenzeitlich erfahren, dass sie ursprünglich in das Nachbarhaus ihrer Heimatadresse gehörte. Dort wohnte eine tierliebe Frau und diese hatte irgendwann Laika und wohl auch andere Tiere in Not bei sich aufgenommen.

Es war ihre Gewohnheit, am Sonntag vormittag auszureiten. Laika durfte sie begleiten. Sie traben durch das hügelige Gelände des vorderen Allgäus mit seinen saftigen Wiesen und schattigen Waldstücken. Quirlige Bäche und kleine Seen laden zum kurzzeitigen Verweilen ein. Die Glocken der weidenden Rinder, ein paar Worte mit den wenigen sonntäglich gekleideten Leuten, denen man begegnet, strahlen die Ruhe und Erhabenheit dieses Landes aus. Dazu kommt für Laika die Bewegung und Freiheit, mit welcher sie Pferd und Reiterin folgen darf. Ihr Ziel ist fast immer ein Haus, bei welchem Autobahn und Eisenbahn fast parallel verlaufen.

Das Schicksal ist oft unerbittlich. Ihre Herrin wird für immer abgerufen. Laika wird von den Nachbarn aufgenommen. Diese wunderschönen Ausflüge mit dem geliebten Menschen kann sie jedoch nie vergessen und so findet die treue Hündin immer wieder sonntags ihre Freiheit, um ein Stück Erinnerung einzuholen. Kleine Laika mit großem Herzen.

Allgäu - Adolfström

Schon fünf Minuten nach der Abfahrt in Bossarts, kaum haben wir es uns in den Boxen gemütlich gemacht, gibt es am Fuß der Brandholzer Steige den ersten Halt. Benzin läuft aus, große Aufregung. Aus dem benachbarten Ottobeuren eilt hilfsbereit Herr Baum von der KFZ-Werkstätte herbei und wechselt den undichten Kraftstoff-Filter aus.

Gegen 19 Uhr kann es weitergehen und wir schaffen es noch bis zum anderen Ende, dem nördlichen Rand von Bayern. In strömendem Regen werden wir gefüttert und ausgeführt. Aber schlafen dürfen wir in den trockenen, strohgepolsterten Boxen.

Ich, meine drei Schwestern und Chinook sind im Mobil untergebracht, die weiteren sechs Hunde befinden sich im Anhänger. In der dem Auspuff nahe gelegenen Box sind jedoch Futter und Ausrüstungsgegenstände untergebracht. Dieses Mal ist auch Musha mit dabei. Sie fährt zwar nicht das Mobil, kocht aber Kaffee und hilft beim Füttern und Ausführen der Hunde.

Das Fahrzeug ist stark beladen. Das Bugrad vom Hänger schwebt nur eine Daumenbreite über dem Boden, der Auspuff des Wohnmobils wenig mehr. Unerwartet bringt das Gewicht aber auch Vorteile, denn in Dänemark sind wir einem orkanartigen Wind ausgesetzt. Wir fahren noch in Seeland über die große Brücke der E 55 und suchen dann auf dem nächsten LKW-Parkplatz Schutz zwischen den großen Brummis. Der Sturm heult und drückt durch die kleinsten Ritzen. An einem abgestellten Aufleger klappert ständig eine lose Planke. Alles wackelt. Es ist eine unruhige Nacht.

Über mangelnde Abwechslung brauchen wir uns auf dieser Reise nicht zu beklagen. Die nächste Nacht verbringen wir auf dem Parkplatz einer Autobahn-Raststätte, auf einer kleinen Anhöhe gelegen. Am nächsten Morgen sind wir eingeschneit. Doch wir schaffen es mit eigener Motorkraft bis zur nahe gelegenen Straße.

Aber jetzt hat uns der Winter gepackt. Geschlossene Schneedecke auf der Autobahn, die Pflüge können ja nicht überall sein. Bei Hudiksvall ist der Schneefall so dicht, dass man kaum noch den Straßenverlauf erkennen kann. Es gibt auch keine Standplätze. Die wenigen Parkplätze sind hoch eingeschneit. Bei einer Anfahrt würde unser Mobil mit Hänger wahrscheinlich stecken bleiben.

Endlich, bei einer Tankstelle bekommen wir die Erlaubnis, unser Fahrzeug im Windschutz und ganz am Rand aufzustellen. Wir erhalten was zum Futtern und dürfen das Bein heben, auch wenn wir fast in dem weichen Neuschnee versinken. Die Schneepflüge sind die ganze Nacht im Einsatz.

Ja, so ist es im Norden, am nächsten Tag lacht strahlender Sonnenschein. Die Straßen sind geräumt, wobei aber je nach Distrikt immer noch genügend festgefahrene Schneedecke vorhanden ist. Das Bugrad am Hänger wurde schon längst abgenommen, der unterste Punkt ist jetzt der Auspuff.

In zügiger Fahrt geht es weiter bis Skelleftea. Dort verlassen wir die Küstenstraße und fahren auf der 95 ins Landesinnere. Längst ist es wieder Nacht. Mitten in einem kleinen Ort, der wie ausgestorben wirkt, finden wir einen gut beleuchteten und geräumten Parkplatz.

Ehrensache, dass wir uns beim anschließenden Füttern und Freigang vollkommen ruhig verhalten. Mush räumt unsere Hinterlassenschaften säuberlich weg und bei Anbruch des neuen Lebens am nächsten Morgen künden höchstens noch ein paar Reifenspuren und Pfotenabdrücke von unserem Besuch.

Der nächste Tag verwöhnt uns wieder mit herrlichem Sonnenschein. Jetzt wollen wir es aber bis zu unserem Endziel packen, trotz fast durchgehend vereister, festgefahrener Schneedecke.

In Arjeplog ein letztes Tanken und Einkaufen. Ab Laisvall noch etwa 35 - 40 km auf schmaler, windungs- und kuppenreicher, fast immer eisglatter Straße bis Adolfström.

Diese ist hier zu Ende, mündet praktisch in den an gleicher Stelle mehrere Kilometer breiten Laisälven. Eine Skoterspur, mit in die riesige Eisfläche eingesteckten Zweigen angezeigt, führt nach Bäverholmen. Kein Weg für unser Mobil und Mush sucht nach 2.780 gefahrenen Kilometern einen passenden Parkplatz.

Da kommt schon Arnold mit dem Schneemobil über den eisigen See. Im Hänger sitzen zwei Damen von der Presse. Interviews, Fotos und einige Tage später sehen wir uns tatsächlich wieder in der Zeitung von Norrbotten, der nördlichsten Provinz von Schwedisch-Lappland.

Elf Huskies

Arnold bringt Musha und einiges Gepäck im Hänger des Schneemobils nach Bäverholmen. Mush sammelt das übrige Gepäck, belädt die beiden Schlitten und fährt mit dem ersten, gezogen von 6 Hunden, in gleicher Richtung.

Unsere Stuga liegt nach etwa 7 km auf einer Anhöhe, nahe dem Flussufer. 'Unsere Stuga' – das heißt die gut geheizte Hütte für Mush und Musha. Für uns Hunde wird draußen das Stake-out ausgerichtet. Zum Glück hat es frischen Schnee, dass wir uns etwas eingraben können.

Mit Arnold fährt Mush direkt wieder zurück zum Mobil und holt die restlichen 5 Hunde und den zweiten Schlitten. Inzwischen ist es bereits finstere Nacht, kalt und windig. Das Thermometer zeigt – 28 Grad Celsius. Wir sind angekommen.

Schon am nächsten Tag spannt Mush alle 11 Hunde ein, setzt Musha in den Schlitten und fährt mit uns nach Adolfström zu unserem Wohnmobil. Das ist eine schlechte Entscheidung. Wir sind noch nie alle zusammen gelaufen. Und jetzt, nach der langen Fahrt, mehrere Tage in den Boxen, hätte eine Eingewöhnung in kleineren Einheiten wohl besser getan. Prompt kam es bei einer Wende im spitzen Winkel zu einer Beißerei. Dieses Mal erwischt es sogar Anuja. Eine klaffende Wunde, direkt neben dem rechten Auge. Wird mit Wundspray behandelt.

Endlich sind wir genügend Hunde für zwei Gespanne, haben zwei gute Schlitten und die gesamte dafür notwendige Ausrüstung. Doch jetzt fehlt uns der Musher beziehungsweise die Musherin.

Noch vor gut zwei Jahren waren wir maximal 5 Hunde mit mir, meinen drei Schwestern und manchmal noch Kiska, unserer Mutter. Bei unseren Touren in Schweden mussten wir uns das 2. Gespann stets ausleihen, was meist nur mit Übernahme eines Guides möglich war.

Um diese Situation zu verbessern, wurde unser Kennel vergrößert. Wir bekamen reichlich Zuwachs mit den Welpen von Askia und Aleska. Alle wurden als Siberian Husky registriert. Neun von uns besitzen die Ahnentafel des VDH/DCNH, zwei die Registrierbescheinigung des VDH/SHC. Der Papierkram war recht aufwändig und teuer. Wir können aber alle an jedem reinrassigen Rennen teilnehmen und die Zuschauer bei den heimischen Starts bestätigen ungefragt immer wieder unser ansprechendes, nordisches Erscheinungsbild.

Für unseren Mush ist es aber wichtig, dass wir auch im Charakter und den Eigenschaften die nordische Hunderasse verkörpern. Ausdauer und Härte sind gefragt. Jede Tour muss zu Ende gebracht werden und wochenlanges Ausharren in polarer Kälte ohne Stroh und Mäntelchen, jedem Wetter ausgesetzt, ist selbstverständliche Voraussetzung. Treue und Gehorsam kommen hinzu. Der Musher muss sich auf seine Hunde verlassen können, umgekehrt soll aber auch der Musher für seine Läufer stets besorgt und berechenbar bleiben. Das gesamte Gespann formt sich zu einer Einheit.

Letzteres ist allerdings leichter gesagt als gehalten. Meine Abneigung gegenüber Balto kennt jeder. Crenuk kann es nicht mit seinem Bruder Chinook und meine drei Schwestern haben sich sowieso ständig in der Wolle. Alle in einem großen Gespann birgt eine Menge Zündstoff.

Verteilt auf zwei Schlitten könnte man die einzelnen Lager gut aufteilen.

Doch jetzt will Musha keinen Schlitten mehr lenken. Dabei hat sie die Fahrt nach Dalavardo gut gemeistert und die Reise in der Eiseskälte zur Nasa mit Bravour durchgezogen. Wie es auch sei, jetzt sind wir da und bleiben bestimmt auch alle beisammen.

In der nächsten Zeit spannt Mush meist zweimal am Tage an. Zuerst fährt er mit sechs, dann mit fünf Hunden. Alle kommen dran. Wir fahren zur Svaipa, zum Gaitsjaure, zum Giertosjaure, zum Blassaviken und zu anderen Orten.

Meist haben wir schönes Wetter, doch fast immer bläst ein scharfer Wind. Der Kälteeffekt wird hierdurch ordentlich erhöht. Die Temperaturschwankungen sind oft beträchtlich. Einmal, morgens 8 Uhr noch minus 22 Grad C, um 9.30 Uhr nur noch minus 8 Grad C, wobei kein Sonnenstrahl oder sonstiger Wärmeeinfluss das Thermometer erreichte.

Unser Stake-out wurde umgesetzt. Die anfangs so angenehmen, selbst geschaffenen Schneekuhlen werden durch die Körperwärme und dem neu Gefrieren zu reinen Eismulden und bieten nur noch geringen Schutz gegen den beißenden Wind. Zum Glück haben wir alle ein dickes Fell.

Einmal fahren wir im Achtergespann den Laisälven aufwärts. Anfangs geht es auf guter Spur flott voran. Der Fluss ist sehr windungsreich, öffnet sich nur einmal zu einer großen Seenplatte. Nach etwa 9 km hört die deutliche Skoterspur auf, der Schnee wird tiefer, wir Hunde müssen mehr arbeiten.

Es kommt eine hügelige Umgehung von Stromschnellen. Manchmal fährt man auch an Eisbrüchen vorbei. Zwei große Eislöcher unterbrechen den Weg und Mush überlässt dem Leader die möglichst sichere Umgehung. Im Oberlauf des Flusses steigt das Gefälle deutlich an und wir werden allmählich müde.

Nach etwa 32 – 35 km machen wir eine Pause, spannen um und wenden. Balto kommt neben den jungen Crenuk, was diesem überhaupt nicht passt. Der lässt sich lieber den Kopf ausreißen als zu laufen. Erst mit Bonnie an seiner Seite ist er zufrieden.

Bald macht die jetzt vorne laufende Baika schlapp. Eine Zugkraft weniger, ein Gewicht mehr im Schlitten. Aber wir schaffen das schon. Was wird mit ihr geschehen? Nach knapp zwei Stunden steckt die Kleine, gut erholt, ihre Schnauze aus dem Packsack. Sie wird wieder eingespannt, wir sind komplett, es geht ein richtiger Ruck durch die Meute und schon bald sind wir bei unserem Biwak angekommen.

Sturm am Laisälven

Für das nächste verlängerte Wochenende hat Mush mit Niklas eine Tour abgesprochen. Rechts des oberen Laisälven ist Naturschutzgebiet und für motorgetriebene Fahrzeuge verboten, für Hundeschlitten erlaubt. Es soll dort neben Bären auch noch Wölfe geben.

Niklas, der Sohn der Wirtsleute von Bäverholmen wohnt in Adolfström und arbeitet im Bergwerk bei Laisvall. Seine Frau ist ihm abhanden gekommen und so ist er alleinerziehender Vater von zwei Kindern, einem Buben und einem Mädchen, die noch zur Schule gehen.

Am Samstag kommt Niklas schwer bepackt zu unserer Anhöhe heraufgestapft. Eisbohrer und Angelgerät holt er noch nach. Die Schlitten werden bepackt, die wichtigsten Eigenschaften und Kommandos des Schlittenfahrens vermittelt, Schneeanker eingeholt, Panikhaken gelöst und die Tour beginnt.

Ich freue mich, dass ich für Niklas fahren darf, er ist ein feiner Kerl. Und er fährt den Schlitten, als ob er das schon immer gemacht hätte. Dabei ist dies seine erste Fahrt. Mit uns fünf schwarz-weißen Huskies aus dem Kennel hat er auch ein schnelles Gespann zur Verfügung.

Nach knapp 20 km haben wir in diesem menschenleeren Distrikt eine seltene Begegnung. Wir treffen Dominik, einen französischen Guide, mit 50 Schlittenhunden und 8 Leuten. Sie haben letzte Nacht biwakiert und sind jetzt auf dem Weg nach Bäverholmen.

Nun, wir fahren in entgegengesetzter Richtung weiter. Zunächst legen wir ein flottes Tempo vor und der Abstand zu Mush mit seinem schwereren Schlitten wird immer größer. Doch die Spur wird tiefer, die Fahrt langsamer. Aber nach etwa 4 Stunden haben wir die vierzig Kilometer und 200 Höhenmeter zur Laisstuga geschafft. Bisher hatten wir gutes Wetter.

Wir bekommen unser Stake-out an der etwas windgeschützten Seite des Holzschuppens. Nik macht im Ofen der Stuga Feuer und holt anschließend Wasser aus dem Laisälven. Dieser ist dick vereist und mit Schnee bedeckt. Da gibt es aber ein gut metertiefes Schneeloch, darunter glasiges Eis mit zwei Öffnungen zu dem reißenden und offensichtlich auch tiefen Laisälven. Nik springt hinunter und schöpft den Eimer voll mit Wasser. Eine sehr gefährliche Aktion und er gibt zu, dass es bei brechendem Eis keine Überlebenschance gibt. Er lässt sich künftig wenigstens mit Seil und Karabiner an seinem Gürtel sichern.

Wind geht hier eigentlich immer, am Abend wächst er sich jedoch zum Sturm mit querfliegendem Schneefall aus. Zum Glück liegt reichlich Schnee und wir können uns einbuddeln. Der Sturm heult die ganze Nacht. An ein Weiterkommen oder Zurückfahren ist am nächsten Tag nicht zu denken.

Nik meldet unseren Standort durch das Nottelefon an die angeschlossene Polizeistation in Gälivare. Das Wetter ist überall schlecht. Der Schnee wird immer wässriger, da kann keine Freude mehr aufkommen. Und das Futter wird auch noch gekürzt, man weiß ja nicht, wie lange der Vorrat ausreichen muss.

Am nächsten Morgen ist die Situation nicht besser, aber irgend etwas muss geschehen. Unsere Musher frühstücken, packen, spannen uns ein. Es ist 9 Uhr. Nik meldet uns bei der Polizei ab. Wir wollen losfahren. Doch es geht nicht. Die Sicht ist geringer als eine Gespannlänge. Nochmals abwarten. Nik und Mush verziehen sich in die Hütte. Wir Hunde legen uns hin und sind in wenigen Minuten unter einer weißen Decke verschwunden.

Ein neuer Versuch, etwa 20 Minuten später. Die Sicht ist jetzt etwas besser, doch wir haben gegen wohl meterhohen, lockeren Neuschnee anzugehen. Askia an der Spitze gibt ihr Bestes, arbeitet sich auf. Bald werde ich zu ihrer Unterstützung vorgeholt und habe es etwas später allein zu richten. Immer das alte Lied, wenn fast nichts mehr geht, erinnert man sich an mich.

Obwohl wir ja die Trailbrecher sind, gibt es am anderen Schlitten mehr Schwierigkeiten. Balto, der Angeber, packt es vorn nicht, auch Anuja und Baika scheitern, doch schließlich beweisen sich Bennie und Bonnie.

Nach einer Umfahrung mit hohen Schneeverwehungen wird es am Fluss etwas besser. Der Niederschlag lässt nach, man kann wieder besser sehen. Ich leite vorsichtig an längeren Eisbrüchen vorbei. Doch jetzt mehrt sich das Oberwasser. Es ist eine bis zu einem halben Meter hohe Wasserschicht auf dem Flusseis, zugedeckt mit 20 – 30 cm hohem, blendend weißem Schnee. Es vermengt sich zu einem oft zähen Brei.

Mush will uns an einer solchen Stelle mit Schieben unterstützen und prompt wird ihm der Stiefel ausgezogen. Es gelingt ihm, diesen mit der Hand aus der feuchtzähen

Masse herauszuzerren und sein Gespann die nächste Böschung hochzulenken. Jetzt schnell zwei Paar trockene Socken und die Ersatzschuhe, was alles auch griffbereit oben im Schlitten deponiert ist. Beim Umziehen werden die Hände eiskalt, dass die Füße schon wieder warm wirken. You must trampele, meint Nik und macht vor, wie man am besten den Kreislauf wieder in Schwung bekommt. Wie die da rumhampeln, wenn sie mal nasse Pfoten abkriegen, da kann es einem Husky fast schlecht werden.

Mush hat jetzt keinen Schneid mehr, weiter im Eiswasser zu fahren. So schlängeln wir uns am linken Flussufer entlang, fahren an den Böschungen und teilweise durch den angrenzenden Wald. Eine mühsame Sache. Wenigstens ist das Wetter besser geworden. Gute Sicht und keinen Niederschlag mehr.

Wir kämpfen uns weiter durch den hohen Schnee und das unwegsame Gelände, ohne Nahrung, nur eiskaltes Wasser. Es wird Abend. Der Fluss macht einen weiten Linksbogen, den wir unbedingt mit einer Überquerung der vor uns liegenden Anhöhe abkürzen wollen. Außerdem liegt auf der anderen Seite die Blassastuga, einzigste Hütte in weitem Umkreis.

Nik erklimmt mit seinen Schneeschuhen die Kuppe des vorgelagerten Berges, um eine bessere Übersicht zu gewinnen. Ich will mit, zerre an meinen Leinen, heule. Mit dem Burschen fühle ich mich verbunden. Es geschieht nicht oft im Leben, dass man eine Begegnung hat, ob Mensch oder Hund, die einen erfüllt, einen ergänzt, mit der man sich versteht.

Mush, der bei uns Hunden und Schlitten bleibt, beruhigt mich und wir benutzen die Pause, uns zu erholen. Keine Wolken mehr am Himmel, es ist fast Vollmond. Nur ein eiskalter Wind streicht das Flusstal entlang.

Nach gut einer Stunde höre ich Nik zurückkommen. Ich habe ständig in seine Richtung gelauscht, denn mit meiner sonst so zuverlässigen Nase kann ich bei dem Rückenwind nichts anfangen. Nik meint, eine passende Richtung gefunden zu haben. Der Schnee bietet hier keine Schwierigkeiten und in schnellem Trab, manchmal Galopp, geht es durch den mondhellen Wald.

Schließlich stehen wir an einem breiten Flusslauf, müssen hinüber, trotz des beachtlichen Oberwassers. Nik zieht seine Schneeschuhe an und lotst mit einem langen Stock den Weg aus. In einiger Entfernung, denn unser Lotse muss immer wieder die Richtung ändern, folge ich mit dem ersten Gespann und Mush. Das zweite Gespann läuft frei hinter uns her. Ja, jetzt sind wir alle zusammen eine Einheit und selbst der dümmste Hund weiß, dass wir es nur gemeinsam schaffen können. Es ist ein mühsamer und zeitraubender Weg, doch wir kommen voran.

Irgendwann tauchen plötzlich zwei starke Scheinwerfer von Schneeskotern auf, die offensichtlich etwas suchen. Sie sehen uns jedoch nicht und bis endlich Mush seine Kopflampe aus dem Schlittensack hervorgekramt hat, sind sie in etwa 150 m Entfernung auch schon vorbei. Schließlich erreicht Nik, gleich darauf auch ich mit meinem Gespann, die Skoterspur auf festem Untergrund.

Das zweite Gespann ist weit draußen auf dem Fluss hängen geblieben. Mush bittet Nik um dessen Schneeschuhe, denn seine eigenen hängen irgendwo an einem sicheren Ort. Und ohne diese breiten Tatzen oder Schlittenkufen mit Bodenwanne als Untersatz kann man sich als Mensch in diesem breiigen Sumpf nicht fortbewegen. Da wurden wir Huskies in unserer langen Entwicklungszeit von der Natur doch viel zweckmäßiger ausgebildet. Wir sinken viel weniger ein und können dabei noch ziehen.

Nik holt das zweite Gespann selbst und nacheinander fahren wir auf der Skoterspur weiter, verlieren sie manchmal, finden sie aber immer wieder.

Da kommen in der Ferne die zwei Skoter zurück. Jetzt ist Mush gerüstet und schaltet seine Kopflampe an. Die Skoter sind schnell bei uns, gefahren von zwei Männern aus Adolfström. Nik ist bei seinem Besichtigungsgang am frühen Abend mit seinem Handy irgendwann durchgekommen und informierte seinen Vater. Sofort haben sich die beiden Freunde mit Nahrung und Hundefutter auf den Weg gemacht und führen uns nun die letzten ca. 2 km zur Blassastuga.

Dort bekommen wir als erstes ein windgeschütztes Stakeout. Baika muss als Letzte etwas länger am Schlitten bleiben, denn die Finger von Mush sind so steif geworden, dass er die letzten zwei Karabiner nicht mehr aufbringt und erst die Hände wieder erwärmen muss. Nachts um halbein Uhr gibt es endlich etwas zu fressen.

Am nächsten Morgen scheint die Sonne, klare Sicht, minus 5 Grad Celsius. Der schneidend kalte Wind kann uns vorerst nicht viel wollen. Wir schlafen weiter in unseren selbst gegrabenen Kuhlen, im Halbbogen gekrümmt, Pfoten nach innen geklappt, den buschigen

Schwanz über der empfindlichen Nase. Es gibt heute sogar noch ein spätes Frühstück.

Gegen Mittag werden die Schlitten geladen und wir eingespannt. Es geht über Land, freie Flächen, Birkenwald, eingetaucht in Sonnenschein. Nach ca. 4 km liegt der Laisälven vor uns und wir wechseln auf den hier schmalen windungsreichen Flusslauf. Einige Eisbrüche werden an der Böschung umfahren. Die Schneemobilspur unserer Helfer vom gestrigen Abend ist meist gut sichtbar. Die Schlitten gleiten leicht dahin und das fast mühelose Traben macht wieder richtig Spaß.

Dann kommt der lange, seeähnliche Verlauf des Flusses mit dem befürchteten Oberwasser. Wir wechseln auf die andere Seite, passieren ein paar ungute Stellen und fahren dann immer hart an der Böschung entlang. Hier bin ich der Single-Leader, muss es vorn allein richten und die besten Passagen finden.

Beim zweiten Schlitten hat man die wasserscheue Bonnie zurückgenommen. Man muss immer auf Zug sein, nicht stehen bleiben, damit der Schlitten nicht wegsackt. Einmal haut es Nik hin, er ist sofort bis über die Schultern durchnässt. Sein Abdruck im Schnee ist sehr schnell wie eine große Badewanne mit Wasser gefüllt.

Etwa 10 km vor Bäverholmen ruft Nik seinen Vater Arnold an, der schon bald mit Skoter und Anhänger kommt. Das meiste Gepäck wird umgeladen. Arnold fährt uns einen möglichst wasserarmen Weg vor und in einem flotten Trab kommen wir nach Hause.

Alle sind wir heil zurückgekommen, um viele Erlebnisse und Erfahrungen reicher. Nik fährt zurück nach

Adolfström und wird uns von seinem Empfang zu Hause noch erzählen. Am nächsten Morgen ist er wieder, mit zwei Tagen Verspätung, bei seiner Arbeit im Bergwerk.

Wir dagegen genießen einen Ruhetag. Mush und Musha trocknen und ordnen die Ausrüstung und lassen es sich am Abend in der Wirtschaft gut gehen. Neben Arnold und Lisa sind dort noch die beiden guten Geister des Hauses mit Bertil und SigBrit. Zu einem feinen Essen begleitet Arnold mit selbst komponierter und gespielter Musik mit eigenen Texten über den Laisälven.

Drei Tage nach der Fahrt besucht uns Nik nach Schichtende. Er stöhnt über die Anstrengungen nach der Tour. Zu Hause haben ihn mehrere Reporter erwartet, Fernseh- und Radiostationen ließen ihn interviewen und an drei Zeitungen musste er Berichte geben. Zu unserer abgelegenen und schwer erreichbaren Stuga ist jedoch keiner durchgekommen.

Als gewissenhafter Fjällranger hat Niklas von der Laisstuga immer wieder die Abfahrtsverzögerungen wegen des Sturmes an die angeschlossene Polizeistation in Gällivare durchgegeben. Diese hat die Meldungen sicherlich an Funk und Presse weitergeleitet.

Zum Bassjosjaure

Schon kurz nach 6 Uhr kommt Mush aus der Hütte und bringt uns die Suppe. Es hat – 22 Grad, doch herrlichen Sonnenschein und die Temperatur steigt. Nach einigen Vorbereitungen wird der Schlitten gut gesichert und wir in folgender Anordnung eingespannt:

Schlitten	Crenuk - Balto - Bonnie - Anuk
	Berry - Baika - Bennie - Askia

Der sorgfältig vorbereitete Start klappt vorzüglich, aber schon nach 500-600 Metern kommen zwei Skoter entgegen. Genug Platz zum Ausweichen, doch sie bleiben stur in der Spur. Wir springen erschreckt zur Seite, verwickeln uns teilweise in den Leinen und der Schlitten kantet fast um. (Auf den Trails haben Gespanne, gezogen von Pferden, Rentieren oder Hunden eindeutig die Vorfahrt vor motorgetriebenen Fahrzeugen). Neu ordnen und weiter geht es, die aufgekommene Nervosität lässt sich jedoch nicht komplett verdrängen.

Balto ist ein Großmaul, tut immer so wichtig und nagt an meinem Chefposten. Dem muss ich es mal ordentlich geben. Gedacht – getan, ich drehe mich abrupt um und packe ihn, der im dritten Glied hinter mir läuft. Bis Mush geankert hat und zu uns vorläuft, ist bereits eine wüste Beißerei zu Gange. Ich habe mich in Baltos Oberschenkel festgebissen, er kontert nach Kräften.

Schwarzes, weißes, graues Fell, der Schnee, Blut. Mush wirft sich mit seinem ganzen Gewicht über uns und drückt unsere Köpfe in den Schnee, bis uns die Luft ausgeht. Auch seine Jacke, Hose, Handschuhe bekommen die roten Kampfspuren ab. Ausgerechnet jetzt müssen noch ein halbes Dutzend Skoter vorbeifahren, deren Fahrer und Begleiter erschreckt das Schauspiel mitbekommen.

Der Kampf ist vorerst beendet. Wunden lecken, Glieder strecken, das Bein von Balto funktioniert noch. Mush schimpft, wenn ihr euch so zanken könnt, dann könnt ihr auch laufen! Und weiter geht es.

Wir fahren zur Svaipavalle hoch, weiter zum Gavasjaure, dann den Übergang zum Giertos, über diesen, über einige Hügel zum vorderen Tjalmejaure. Hier gibt es keine Spuren mehr und es ist schwierig, in dem weißen Nichts eine Richtung zu halten. So laufe ich nicht immer eine gerade Linie. Bei einem größeren Schwenk von mir nutzt das Balto für seine Revanche blitzschnell aus und stürzt sich auf mich. Entgegen seiner Gewohnheit macht jetzt sogar noch Berry mit. Schon wieder eine wüste Keilerei. Diesesmal komme ich nicht so glimpflich davon. Im Gesicht bekomme ich einiges ab, am schlimmsten ist eine lange Wunde unter dem rechten Auge.

Nachdem wir alle wieder zu Luft gekommen sind, fahren wir weiter zum Bassjosjaure mit der Samensiedlung Skaule, die allerdings nur im Sommer bewohnt ist. Unser heutiges Ziel haben wir erreicht. Wir ankern auf der weiten, freien Fläche (744 m ü.d.M.). Mush macht Brotzeit, wir bekommen einen Snack.

Die Sonne hat schon Kraft, es ist fast windstill. Der weite Rundblick zeigt kein Lebewesen. Totale Ruhe, entspannende Erholung inmitten dieser erhabenen Landschaft. Vor uns der imposante Tsangatjäkka mit seinen 1.505 m. Im Norden ist das schon eine beachtliche Höhe. Hier beginnt die Baumgrenze etwa 1000 m früher gegenüber den Bergen in den Alpen.

Es ist halbzwei Uhr, Zeit für die Rückfahrt. Gut ausgeruht schlagen wir ein zügiges Tempo an. Die Richtung gibt uns die eigene Spur von der Herfahrt vor. Nach einem längeren Anstieg und Erreichen des Kungsledens bricht Balto, dieser Wichtigtuer, zusammen. Mush stopft ihn in den Schlittensack. Zum Glück geht es jetzt fast nur noch bergab und wir müssen dieses faule Ei nicht auch noch den Berg hochziehen.

Ohne weitere Probleme kommen wir zu Hause an. Arnold meint, wir wären etwa 80 km gefahren. Die Skoterleute hatten ihm übrigens von unserer blutigen Auseinandersetzung berichtet. Er ist sofort hingefahren und war entsetzt über die inzwischen leere, rotgetränkte Kampfstätte.

Balto steckt voller Angst und Mush nimmt diesen Schwächling über Nacht mit in die Hütte. Eine alte Rechnung ist beglichen und es gibt überhaupt keine Zweifel, dass ich der Chef bin und bleibe.

Oberwasser

Das Gesicht spannt, es ist alles dick geschwollen. Das rechte Auge ist nur noch ein kleiner Schlitz. Mush schaut mich recht besorgt an und sprüht mir erneut irgendwelches Zeug auf die Wunde. Wenigstens hat Balto auch seine Blessur. Er quietscht schon, wenn sie ihn nur an den Oberschenkel fassen. Doch der Appetit hat bei uns beiden nicht gelitten. Wir bekommen zwei Tage Pause.

Wer wird von den anderen bei nächster Fahrt die Führung übernehmen? Zunächst ist es Anuja und Crenuk. Die erste Stunde geht es sehr gut. Sobald aber das Gespann in unbekanntes Gebiet vorstoßen soll, meint Anuja, sie muss wenden und auf der Spur nach Hause zurücklaufen. Der junge Crenuk schafft es allein noch nicht. Wenn Mush von vorn zum Schlitten zurückgeht, folgt er ihm, hält nicht die Richtung.

Also kommt die gute Aleska nach vorn, zusammen mit der kleinen Baika. Sie macht es gut, doch auf Dauer fehlt ihr in dem schwierigen Gelände die Kraft. Jetzt übernimmt Bennie und bleibt vorne bis nach Hause. Bergab wird Baika gegen Bonnie ausgetauscht, diese wiederum hat auf dem Laisälven panische Angst vor Wasser. Ja, ein guter Leithund für unwegsames Gelände fällt nicht so einfach vom Himmel.

Am Abend hat es nur noch minus 2 Grad C. Wenn es nur nicht zu regnen kommt, denn dann könnte der Fluss nach Adolfström unpassierbar werden. Der nächste Tag bringt noch mehr Wärme, über 0 Grad C, jedoch keinen Regen.

Mit Askia und zwei weiteren Hunden werde ich eingespannt, selbstverständlich im Lead. Mush hat den kleinen Schlitten gewählt und es läuft prächtig. Meine Wunde zwickt zwar noch etwas, doch ich bin froh, dass ich wieder rennen darf. Wir traben den Berg hoch, Richtung Gaitsjaure. Eine frische Elchspur bringt uns vorübergehend in Aufregung, doch wir halten Disziplin. Gegen Mittag sind wir zurück und Mush will eigentlich noch mit den anderen Hunden fahren.

Bei gutem Wetter ist es jetzt noch wärmer geworden und es bildet sich zusehends mehr Wasser auf dem Flusslauf. Arnold kommt von Adolfström zurück und beruhigt Mush, dass noch gut auf dem Fluss zu fahren ist. Er fragt ihn nach morgen und Arnold meint nur "I don't know".

Das ist das Signal zum eiligen Packen, Putzen und Aufräumen. Es werden beide Schlitten vollgeladen, zusammengekoppelt und mit sieben weiteren Hunden werde ich eingespannt.

Trotz der Last kommen wir in zügigem Trab voran. Das Wasser über dem Eis ist unterschiedlich hoch, doch noch gut zu begehen. Ungefähr in der Mitte der Strecke ist eine Vertiefung, eine Art Rinne. Hier geht uns das Wasser bis zum Bauch und die Schlitten bleiben fast stecken. Mush spornt uns an. Wir wissen, um was es geht, nicht nur um die nassen Füße unseres Chefs. Die tiefe Wasserstelle ist zum Glück nicht sehr breit und wir kommen in flottem Tempo weiter und ohne größere Hindernisse bis zu unserem Wohnmobil.

Der größere Schlitten wird vollbepackt stehen gelassen, der andere eiligst ins Mobil verladen. Vier Hunde kommen in die Boxen. Askia und ich sind heute schon viel gelaufen, aber jetzt werden wir gebraucht. Zusammen mit Berry und Crenuk ziehen wir den inzwischen entleerten Schlitten und anfänglich im Galopp, später in schnellem Trab geht es zurück nach Bäverholmen. Dort bekommen wir eine längere Verschnaufpause.

Der Schlitten wird erneut vollgeladen, Musha putzt die Hütte und Mush richtet den Hundeplatz ordentlich her. Dann gehen die beiden in das Wirtshaus, lassen sich nochmals ordentlich bewirten, zahlen ihre Rechnung und nehmen herzlichen Abschied von Arnold und Lisa.

Es ist schon Abend, als wir zum letzten Mal mit schwerer Last auf dem breiten Flusslauf nach Adolfström fahren. Doch jetzt habe ich Balto im Gespann, weit hinten als Wheeldog. Was will dieser Angeber bei meiner Truppe? Dem muss ich doch gleich deutlich machen, wer hier das Sagen hat. Dieser Memme gehe ich an den Pelz und gebe ihm nochmals eine tüchtige Abreibung.

Mush schimpft und schreit hinten vom Schlitten, weil ich kein Tempo und keine Richtung mehr halte. Wir driften immer mehr von unserer Linie ab und rechts scheint offenes Wasser zu sein. Ich bin zwischen meiner Leader-Aufgabe und dem Drang, diesem zitternden Bündel dahinten noch eines auszuwischen, hin- und hergerissen.

Da kommt Arnold mit dem Schneemobil, im Anhänger sitzt Musha. Balto wird kurzerhand ausgespannt und kommt zu seiner großen Erleichterung mit in den Hänger. Endlich ist dieser Kerl verschwunden und ich kann mich wieder auf meine eigentliche Arbeit konzentrieren.

Jetzt sind wir zwar nur noch sechs Hunde vor dem Schlitten, doch alle arbeiten kräftig mit. Auch haben wir uns jetzt schon etwas an das Oberwasser gewöhnt. Wenn wieder eine stark überflutete Stelle auf dem Eis kommt, nehmen wir Anlauf, um den Schlitten ohne Stocken durchzubringen. Es gibt dann eine regelrechte Bugwelle um den Toboggan und das Wasser umspült die Bremsen und auch die Stiefel von Mush.

Die uns schon bekannte Rinne ist jetzt noch etwas tiefer, doch wir durchqueren sie konzentriert und mit kräftigem Zug. Müde, aber doch froh, alles noch rechtzeitig und gut geschafft zu haben, erreichen wir das Mobil. Nach der späteren, wohlverdienten Mahlzeit dürfen wir endlich mal wieder die Behaglichkeit der strohgepolsterten Boxen genießen.

Herrlicher Sonnenschein lacht am nächsten Morgen. Es ist nach wie vor sehr warm. Mush und Musha verstauen ihr Hab und Gut in Mobil und Hänger. Wir sind vor den Fahrzeugen angekettet, genießen die Sonne und die Ruhe. Da kommt noch ein einsamer Skoter über den Fluss. Der Fahrer berichtet von tiefem Oberwasser. Mit Hunden und schwerem Schlitten wäre jetzt kein Durchkommen mehr möglich.

Pannenreiche Heimfahrt

Endlich mal wieder eine gemütliche, trockene Nacht in den Boxen. Mush und Musha lassen sich Zeit mit Frühstücken, Einräumen und Verladen der Schlitten. Wir vertrödeln die Zeit am schnell gebauten Stake-out. So gegen Mittag kommen wir wieder in die Boxen, die Ketten werden eingerollt, der Platz gesäubert und schon bald ertönt das vertraute Brummen des Dieselmotors. Ich strecke mich behaglich in der oberen Box, die weitere Beförderung ist nun wieder von unseren Pfoten und den Kufen an die Gummireifen übergegangen.

Adolfström verschwindet und bis Laisvall haben wir nun etwa 35-40 km eine schmale, kurvige Wegstrecke mit Kuppen, Steigungen und Gefällen und unzähligen Schlaglöchern. Teilweise fahren wir auf Eis, teilweise auf schlammigem Grund. Mush meistert dies mit unserem Fahrzeug recht gut, doch immer in der Furcht, es könnte uns etwas entgegen kommen. Denn im Rückwärtsfahren mit Anhänger, den er in den Spiegeln nicht einmal sieht, da hat er auf einem solchen Weg schon seine Probleme.

Doch wir erreichen die feste Fahrbahndecke bei Laisvall, eine richtige Straße, auf welcher auch ein Gegenverkehr nicht mehr stört. Wir treffen nochmals Niklas, der von seiner Schicht im Bergwerk nach Hause fährt. Wie gern würde ich gerade mit ihm noch so manches weitere Abenteuer erleben. Ein schneller Abschied, die Bestimmung hat andere Aufgaben für uns.

In Arjeplog können Mush und Musha endlich mal wieder richtig einkaufen, dem sich eine tüchtige Brotzeit anschließt. Dann wird nochmals das rechte Rad des

Hängers an einer Tankstelle aufgepumpt. Dieses verliert jedoch weiterhin an Luft. Wir wollen den nächstgrößeren Ort, Arvidsjaur, noch erreichen. Das schaffen wir zwar, aber leider nur mit der blanken Felge des Anhängerrades.

Im Ort ist bereits Feierabend. Der Besitzer der Tankstelle, dem auch die Autowerkstätte und weitere Geschäfte gehören, erkennt unseren Kummer. Eigenhändig und in seiner guten Kleidung löst er das Rad vom Hänger, befreit die Felge von den Gummiresten, zieht einen neuen Mantel mit Schlauch auf und macht uns wieder fahrtüchtig. Und das ohne viele Worte.

Wir fahren an diesem Abend noch bis Glommersträsk auf einen uns schon bekannten Parkplatz. Nach dem Füttern am Stake-out und der späteren gewohnten Schnüffelrunde an der Leine finden wir unsere Nachtruhe in den geliebten Boxen.

Am nächsten Vormittag haben wir auf verkehrsarmen Straßen viele Begegnungen mit Rentieren. Sie bewegen sich lieber auf dem festen Untergrund als auf den noch reichlich vorhandenen Schneeresten rechts und links des Weges. Mush fährt sehr vorsichtig und kein Tier kommt zu Schaden. Für uns ist es überaus spannend, die Bewegungen der Tiere durch die Fenster zu verfolgen. Dabei sind wir aber völlig still, geben keinen Laut von uns.

Gegen Mittag erreichen wir das Anwesen eines befreundeten Musherpaares mit Grönlandhunden. Michael sorgt gleich dafür, dass wir uns in zwei Freianlagen ohne Leinen und Ketten richtig austoben dürfen. Balto hat Glück, dass er im anderen Gehege untergebracht ist. Er macht sich ziemlich klein und riskiert noch keine lautstarken Äußerungen. Auf der Fahrt wird er im übrigen immer in einer Anhängerbox untergebracht, während ich im Wohnmobil reisen darf.

Am späten Nachmittag geht es weiter nach Umeå und die Küstenstraße südwärts. Wir haben ein flottes Tempo, denn im Gegensatz zur Anfahrt vor vier Wochen gibt es jetzt fast nur noch schneefreie Straßen. Unser nächstes Stake-out am Waldrand ist gleichfalls schneefrei und wir können endlich mal wieder in Gestrüpp und aufgeweichter Erdoberfläche nach Herzenslust buddeln. Tiefe Löcher gibt es nicht, denn weiter unten ist noch alles hart gefroren.

Bei der Weiterfahrt, so gegen 22 Uhr und kurz vor Sundsvall auf freier, glatter Autobahn gibt es einen harten, lauten Schlag. Das Mobil läuft weiter, man merkt jedoch Unregelmäßigkeiten. Wir setzen die Fahrt fort, doch kurz vor Iggesund tritt Mush beim Bremsen erstmals ins Leere. Mitten in der Nacht kann hier niemand helfen und wir treten in einem ruhigen Seitenweg alle unsere Schlafpause an.

Aber am nächsten Tag, einem Samstag, ist es mit der Autohilfe gar nicht so einfach. In Iggesund gibt es keine Werkstätte, die geöffnet hat. Mit der gebotenen Vorsicht fahren wir zurück nach Hudiksvall und finden nach einigem Suchen die Vertragswerkstätte für unsere Automarke. Gleichfalls zugesperrt.

Ein Tankwart hilft uns weiter, vermittelt einen Abschleppdienst mit angeschlossener freier Werkstätte. Dieser kommt nach einiger Zeit und bockt das Mobil mit mir und weiteren fünf Hunden auf seinem Transport-Hänger auf. Musha fährt im Abschleppwagen mit, Mush bleibt mit Anhänger und den restlichen fünf Hunden zurück.

Bei der Durchsicht zeigt sich, dass eine Radnabe ausgewechselt werden muss. Das Original-Ersatzteil zu bekommen würde Tage dauern. So schlachtet der nette junge Monteur einfach ein anderes Auto aus und macht uns wieder fahrbereit. Große Erleichterung bei Mush, als wir nach Stunden wieder vereint sind und weiterfahren können.

Gegen Abend erreichen wir Uppsala und bei einem Telefonat mit heimatlicher Adresse erfährt Mush, dass seine Stiefmutter gestorben ist. Jetzt ist es wirklich Zeit, nach Hause zu kommen.

In der Nacht rollen wir noch auf der ampel- und fast verkehrsfreien Autobahn durch und über das lichterhelle Stockholm. Es ist immer wieder ein denkwürdiges Erlebnis, gerade wenn man aus dem einsamen, kaum besiedelten Norden kommt.

Nach der Nachtpause erwischt uns der Schnee oder Schneeregen doch noch und wir müssen zumindest am Vormittag unser Tempo drosseln. Wir durchqueren Südschweden und am Abend schaffen wir Dänemark einschließlich der beiden Fährüberfahrten. Zügig geht es in der Nacht weiter bis südlich Hamburg. Dort gibt es endlich bei herrlichem Sonnenschein das nächste Stake-out mit wohlverdienter Frühstücks- und Pinkelpause.

Deutschland hat uns wieder. Nach der Weiterfahrt kommen wir schon bald mehrmals in Stau. Bei freier Fahrt gibt es dann plötzlich auf dreispuriger Autobahn einen Knall und wir können nur noch krachend weiterfahren. Wir schleichen bis zum nächsten Nottelefon und bleiben mit Mobil und Hänger auf dem schmalen Randstreifen stehen. Der ADAC-Dienst kommt nach einer guten halben Stunde und nach weiteren 2 – 3 Stunden der Abschlepp-Dienst. Pausenlos fahren bis dahin die Trucks hautnah an unserem Mobil und Hänger vorbei. Wir verhalten uns völlig ruhig, obwohl wir uns hier nicht wohl fühlen. Auch spüren wir die angespannte Nervosität von Mush und Musha.

Irgendwann kommen wir dann doch in die Werkstätte und dort stellt man einen Gelenkwellenbruch fest. Dieser wird sofort repariert. Bei der Probefahrt vernimmt man weitere ungute Geräusche. Es sind die Radlager. Der Meister sagt uns, dass wir in diesem Zustand keine hundert Kilometer weit kommen und erneut liegen bleiben. Auf der anderen Seite ist Feierabend. Die Mechaniker erklären sich freiwillig bereit, die Reparaturen fortzusetzen und zu Ende zu bringen.

Die Radlager werden ausgetauscht und dabei auch die völlig abgeschliffenen und zerbrochenen Bremsklötze ersetzt. Das hätte in den vor uns liegenden Kasseler Bergen sehr schlecht ausgehen können!

Dabei hatte Mush das Mobil vor der langen Reise in eine Vertragswerkstätte gegeben und um eine gründliche Überholung ohne jede Vorbehalte gebeten. Eine Anhängerkupplung wurde noch für mehrere tausend Mark eingebaut. Dem Meister war unser Vorhaben bekannt und über eine Begrenzung der Kosten wurde nie gesprochen. Unser Glück im Pech war es dann doch, dass wir immer wieder auf sachverständige und hilfsbereite Menschen gestoßen sind, die uns aus den Notlagen halfen und innerhalb kurzer Zeit wieder auf die Weiterreise schicken konnten.

Wir überwinden nun auch gut die Kasseler Berge und nach einigen vergeblichen Anläufen auf überfüllten LKW-Parkplätzen finden wir schließlich bei Haidfeld doch einen freien Platz für die Nachtruhe unseres Fahrers.

Nach einem Frühstücks-Stake-out in Höchstadt sind wir gegen 10.30 Uhr in Nürnberg. Dort spricht Mush mit seinem Bruder über die bevorstehende Beerdigung. Eigentlich sollte er alle Vorbereitungen treffen, doch wegen seiner Abwesenheit ist der Bruder eingesprungen.

Nachmittags geht es weiter bis Weinried im Allgäu, wo uns Tochter und Schwiegersohn von Musha und Mush mit Kaffee und Kuchen empfangen. Auch wir erhalten einen Snack und dürfen abwechselnd in verträglichen Gruppen in den Freilauf. Unsere Chefs werden anschließend noch zu einem Arbeitseinsatz mit Balken abhobeln gebraucht und es ist bereits dunkel, als wir endlich unseren heimatlichen Freilauf in Bossarts erreichen.

Es war ein interessanter und erlebnisreicher Urlaub. 5.700 Fahrkilometer und so manche Ruhe- und Reparaturstunde verbrachten wir in unseren gemütlichen Boxen. Doch etwa vier Wochen waren wir dem nordischen Winterklima am Polarcirkel ausgesetzt und es ist auch für einen Husky nicht immer lustig, bei Tiefsttemperaturen, oft Schneetreiben und Sturm, im beißenden Wind und in eisigen Kuhlen den Naturgewalten ausgesetzt zu sein. Wir haben etwa 800 km die Schlitten gezogen, auf den Flüssen und über die Seen, über offenes Gelände und vereiste Moore, durch die Wälder, über die Berge, jedoch nie auf präparierten Trails.

Die bei den Streitereien eingehandelten Bisswunden sind zwischenzeitlich schon wieder verheilt. Wir haben hilfsbereite Menschen getroffen, mit deren Unterstützung wir unerwartete Schwierigkeiten bewältigen konnten. Auch werde ich Niklas nicht vergessen, die abenteuerliche Fahrt mit ihm von der Laisstuga nach Bäverholmen. Ich, mein Rudel mit weiteren zehn Hunden, sowie Mush und Musha sind gesund und wohlbehalten zurückgekommen.

Eine Sommerreise nach Schweden

Es ist heiß, sengend heiß. Die Sonne brennt auf Asphalt, Plastik und Blech und die Luft ist mit Abgasen durchsetzt. Wir donnern auf deutschen Autobahnen von Süd nach Nord. Zur Abwechslung mal im Hochsommer, im August.

Mush hatte schon im vergangenen Herbst im Süden von Lappland ein einsam gelegenes Anwesen mit Wohnhaus, Scheune, Zwinger mit Hundehütten und großem Freilauf für zwei Jahre gepachtet. Wenn man seinen Worten glauben darf, wollte er uns Hunden ersparen, bei eisigen Winden und Tiefsttemperaturen immer wieder auf den hartgefrorenen Schneeflächen die Nächte zu verbringen.

Den ersten Winter konnten wir das Angebot jedoch nicht nutzen, da Mush der Meinung war, er wäre in seiner Firma unabkömmlich. Also nehmen wir jetzt, im Hochsommer, den ersten Anlauf, unser neues Domizil kennenzulernen.

Wie schon in den früheren Jahren ist Mush bemüht, die knapp tausend stressigen deutschen Autobahn-Kilometer möglichst rasch hinter uns zu bringen. In Skandinavien ist ein bedeutend ruhigeres Fahren angesagt. Es gibt wunderschöne, geräumige Parkplätze, saubere Toilettenräume, Wasserstellen und gepflegte Auslaufflächen. Ehrensache, dass Mush unsere Hinterlassenschaften stets säuberlich beseitigt.

Unser Fährhafen ist dieses Mal Rostock. Im Internet war eine gute Nachtverbindung zu günstigem Preis nach Trelleborg angeboten worden. Bisher wurde auf dieser Strecke immer eine Extragebühr pro Hund verlangt. Die

Buchung und Ausgabe des Tickets wurde auch anstandslos durchgeführt.

Die Kassiererin an der Durchfahrt betrachtet unseren Fahrschein jedoch sehr skeptisch. Sie bittet Mush in das nebenstehende Verwaltungsgebäude. Dort nimmt sich ein junger Mann der Sache an. Ein weiterer Angestellter wird hinzugezogen. Es wird telefoniert, höhere Instanzen werden eingeschaltet, aber alle schauen ziemlich ratlos aus der Wäsche. Zum Glück haben wir ein gutes Zeitpolster bis zur Abfahrt der Fähre.

Schließlich wird Mush erklärt, dass von seiner Seite alles richtig gehandhabt wurde. Die Internetseite wurde jedoch falsch aufgestellt und eigentlich ist man froh, den Fehler durch diesen Umstand so bald entdeckt zu haben. Man wird sofortige Korrektur vornehmen, doch unser Fahrschein bleibt ohne Nachzahlung gültig. Höfliche Verabschiedung und ab auf das Schiff, welches kurz nach 22 Uhr ausläuft.

Dort nimmt Mush gleich mal freundlichen Kontakt mit dem Verlade-Offizier auf. Er findet dessen Verständnis, die 11 Hunde nicht die gesamte Überfahrt allein zu lassen. So können wir auch diese Nacht gemeinsam in unserem Mobil verbringen und buchstäblich im Schlaf von Deutschland nach Schweden überwechseln.

Am nächsten Morgen um 6 Uhr rollen wir von der Fähre. Niemand nimmt Notiz von uns. Aber damit gibt sich Mush nicht zufrieden. Die Einreise-Formalitäten für uns Hunde sind immer so aufwändig, jetzt muss mindestens ein gültiger Einreisestempel auf die Papiere. Und den bekommen wir schließlich auch. Alles in bester Ordnung, die Sommerfahrt durch Schweden kann beginnen.

Es ist eine angenehme Reise. Obwohl noch Urlaubszeit, herrscht ein lockerer Verkehr, es gibt keine Staus. Geräumige Parkplätze, in die Landschaft eingebettet, lassen keine Enge aufkommen. Im Winter werden die meisten nicht vom Schnee geräumt, deshalb waren sie uns bis jetzt unbekannt. Unsere längste Tagespause legen wir in die heiße Mittagszeit, stets an einem ruhigen, schattigen Platz.

Am letzten Flughafen vor unserem Ziel nehmen wir noch Heike auf, die uns auf dem Luftweg gefolgt ist. Dann überqueren wir auf der E 45, kurz vor Dorotea die Grenze von Lappland und sind auch schon bald an unserem vermeintlichen Ziel.

Doch da hat sich etwas geändert. Das Ehepaar ist mit seinen zwei Kindern und den Hunden ein Jahr früher von ihrer temporären Arbeitsstelle in Kiruna zurückgekehrt. Laut Vertrag haben wir ja jetzt das Wohnrecht in Mansberg, doch Mush ist nicht der Mensch, der unter diesen Umständen darauf besteht. Auch will man uns für den Sommeraufenthalt einen sofortigen Ersatz beschaffen.

Wir fahren also weiter nordwärts, biegen in Högland links ab und rumpeln auf schlechtem Weg ca. 30 km durch dichten Wald, nur von einer winzigen Siedlung unterbrochen. Doch mit der Grenze zu Jämtland geht der Weg in eine asphaltierte Straße über und wir erreichen eine Ortschaft, sogar mit Tankstelle, Einkaufsladen und Campingplatz. Zu Beginn des angrenzenden Ortes befindet sich unser Ersatzquartier.

Das Wohnhaus, die geräumige Scheune, Stuga und Vorratskeller verteilen sich auf einer großen, flachen Wiese. Der Querweg ist von einer dichten Birkenreihe gesäumt, wunderbar geeignet für ein schattiges Stake-out. Wieder nichts mit eigener Hundehütte, doch im Sommer ist das nicht tragisch. Auch haben wir unsere Boxen in Wohnmobil und Hänger nahe dabei.

Haus und Hütten

Mush plagt ein Problem. Er weiß nicht, wo wir uns befinden. Also pilgert er zum Ortsschild. Der winzige Ort Nyåker ist aber nicht auf seiner Landkarte verzeichnet. Am nächsten Tag besucht er den angrenzenden, etwas größeren Ort Norråker und passt den Postboten ab. Er will wenigstens die Postleitzahl erkunden.

Inger, die Briefträgerin, ist sehr hilfsbereit und gibt alle gewünschten Auskünfte. Sie zeigt den zugehörigen blauen Briefkasten am Straßenrand und beschriftet diesen mit dem neuen Namen. Zum Schluss erklärt sie noch, dass über dem Tåsjö-See eine Familie mit vielen Huskies wohnt, die werde sie über unser Hiersein informieren.

Tatsächlich, am Abend kommt ein junger Mann um die Hausecke und fragt "hello, can I help you?" Und Rickard hat uns in den nächsten Wochen mit Rat und Tat bei vielen Dingen sehr geholfen.

Bei unserer Ankunft und in den nächsten Tagen ist es sehr heiß. Doch das ändert sich und es regnet, nein, es strömt vom Himmel. Unser Stake-out wird zum See. Mush verlagert die Ketten an den angrenzenden Abhang, da kann das Wasser abfließen.

Er versucht auch, uns in der trockenen Scheune unterzubringen. Da stößt er jedoch auf unsere geschlossene Abwehr. Eingesperrt in einem fremden, geschlossenen Raum? Und dann diese fremden, unbekannten Gerüche? Nein, nicht mit uns, dann lieber tropfnass werden.

Sobald der Regen nachlässt, geht Heike wieder mit uns spazieren. Das macht sie sehr gewissenhaft und ausführlich. Jeder kommt mal an die Leine und Heike verbringt täglich Stunden mit dem Auslauf. Wenn wir durch den Wald gehen, zieht sie zum Schutz vor den Jägern immer ihre knallrote Jacke an, denn die Jagd auf Braunbären hat bereits begonnen.

Für uns sind die Spaziergänge das Spannendste vom Tag, denn nur so können unsere Nasen die Umgebung etwas näher erforschen.

Rickard ist inzwischen von Mush über den Fehlschlag bei Sicherung des Winterquartieres informiert. Nach einigem Nachdenken meint er "warum kaufst Du nicht einfach ein Haus?"

Noch vor ein bis zwei Generationen gab es eine viel dichtere Besiedlung in den ländlichen Teilen von Nordschweden. Es gab viele Kinder und Jugendliche und fast jede Ortschaft hatte eine eigene, gut besuchte Schule.

Mit dem wirtschaftlichen Aufschwung um die Mitte des 20. Jahrhunderts setzte jedoch eine ausgesprochene Landflucht ein. Die jungen Menschen verließen ihre kleinen landwirtschaftlichen Höfe, um bei der zunehmenden Industrialisierung in den Ballungsgebieten ein besseres Auskommen zu finden. Oft ergab sich die Veränderung auch durch die verbesserte Ausbildung oder ein Studium.

Viele Anwesen wurden verlassen. Einige Häuser verfielen nach dem Tod der letzten alten Bewohner, andere wurden von den Erben gepflegt und davon wieder einige zum

Kauf angeboten. Das Angebot übertraf die Nachfrage und ergab damit günstige Immobilien- und Grundstückspreise.

Im Dorf spricht sich unsere Kaufabsicht schnell herum und wir bekommen interessante Objekte angeboten. Die Wahl ist aber nicht frei von Zwängen. So hat beispielsweise Nina und ihr Mann ein gepflegtes Haus auf schön gelegenem Grundstück. Dazu gehören fünf oder sechs Nebengebäude, darunter den schönsten Zwinger, den Mush je gesehen hat. Dazu kommen noch ca. acht Hektar ungeschlagener Wald und alles zu einem recht überschaubaren Preis.

Die Familie hat jedoch auch drei Kinder und Rickard sagt, dass wir dieses Haus nicht nehmen dürfen. Die Schule des Ortes hat nur noch acht oder neun Schüler und bei einer weiteren Dezimierung wird sie sehr wahrscheinlich aufgelöst.

Die Wahl fällt schließlich auf ein zweistöckiges Holzhaus mit Veranda, voll unterkellert, mit Zentralheizung, die wahlweise mit Strom, Öl oder Holz betrieben werden kann. Auf einer Anhöhe gelegen, hat man einen weiten freien Blick auf den See und auch direkten Zugang zur Badebucht. Eine kleine Werkstatt mit Stuga sowie ein rustikales Vorrats-Blockhaus gehören dazu.

Die Grundstücksgröße liegt bei 1.500 qm, doch Mush pachtet vom nebenliegenden Gelände für Zwinger und Freilauf noch ca. 400 qm dazu.

Für einen Immobilienkauf braucht man in Schweden keinen Notar. Die Formalitäten werden von einer Bank erledigt. Unterlagen gehen an das Finanzamt und das

Registergericht, bei welchem die neuen Besitzverhältnisse dokumentiert werden.

Mush macht eine Vorauszahlung und der Kauf ist besiegelt. Die Vorbesitzerin will innerhalb der nächsten acht Wochen das Haus räumen, wobei dies aus unserer Sicht nicht solche Eile hat.

Wichtig ist, dass wir sofort mit dem Zwingerbau anfangen können. Rickard nimmt die Sache in die Hand und Mush ist bemüht, sich als Handlanger nützlich zu machen.

Zunächst wird ein dem Gelände angepasster Plan erstellt und nach diesem die Utensilien wie Pfähle, Bretter, Beschläge, Draht, Schrauben und Nägel errechnet. Dann geht es in den nächsten, 100 km entfernten Baumarkt zum Einkaufen und anschließend erfolgt die Fertigstellung.

Es werden vier Zwinger auf fast ebener Fläche und daran anschließend am Hang zum See der Freilauf erstellt. Dieser erhält oben einen breiten Zugang und auch unten ein Tor für die Schlittenausfahrt. Zwischen den Arbeiten werden noch sieben oder acht Hundehütten bei einem befreundeten Musher eingekauft und in der Anlage untergebracht.

Der Wind wird rauer, hier im Norden weht es die Blätter schon von den Bäumen. Es ist September, die Zeit der Elch- und Bärenjagd. Unser Urlaub geht zu Ende, für uns Zeit für die Heimfahrt. Doch jetzt haben wir auch im Norden ein Heim, strohgepolsterte Hütten mit Auslauf und brauchen auf künftigen Nordlandreisen im Winter unsere Nächte nicht mehr so oft in eisigen Kuhlen verbringen.

Innerkrems

liegt in den Nockherbergen auf der Südseite der Alpen. Mit Hilfe des österreichischen Militärs findet dort jährlich im März ein zünftiges Bergrennen statt. Ausgangspunkt ist das Gelände des Gasthofs Raufer. Da stehen dann auch die Wohnmobile, Zelte und Hunde-Transporter. Im Gasthof wird man mit Essen und Trinken verwöhnt. Uns begrüßt die sympathische Wirtin Beate mit ihren zwei Kindern meist schon am Stake-out.

In den ersten Jahren des Rennens geht es dort richtig hundefreundlich zu. Das Ziel des Berglaufs wird in die Nähe eines noch fahrbaren Weges gelegt und von dort werden wir Hunde, die Schlitten und die Musher von Armee-Lastwagen des Bundesheeres abgeholt und zu unserem Camp zurückgebracht.

Der Organisator Treichl wäre nicht Treichl, wenn er da nicht bald eine 'Vereinfachung' gefunden hätte. Ab sofort wird der Rückweg auf Pfoten, Füßen und Kufen zurückgelegt. Also müssen wir die steile Rinne wieder hinauf, die wir am Vormittag herunter geschliffen sind. Ein Musher prägt spontan den Spruch "wenn du da unten stehst und schaust hoch, fällt dir die Kappe hinten vom Kopf".

Die Abfahrt in dieser Rinne war immer abenteuerlich. Zum Glück ist sie meist mit sehr viel Schnee gefüllt. Da können wir es so richtig sausen lassen, denn Matten- und Klauenbremse bringen bei diesem Neigungsgrad nur wenig Wirkung. Das Kommandieren und Zetern des Mushers hinten auf dem Schlitten wird cool ignoriert.

Bei einem nächsten Lauf will es Mush besser machen. Er lässt am Einstieg nach unten einen Musher mit sehr braven, gehorsamen Hunden vor, die auch auf Kommando langsam gehen. Die Rinne ist eng und kurvig, ein Überholen unmöglich. Denkt er. Schon nach der ersten Kurve sehen wir unsere Möglichkeit, sprinten außen vorbei und heisa, ab geht es in vollem Tempo nach unten.

Claudias Hunde stellten es etwas anders an. Sie wollte Teun, einen Zwei-Meter-Koloss, durch Abkürzung einer Kurve überholen, schaffte es aber nicht mit dem ganzen Gespann. Claudia landete mit ihrem Schlitten auf dem breiten Kreuz von Teun. Für Entschuldigungen oder gar Nothilfe bleibt keine Zeit, denn die sausende Abfahrt lässt sich nicht stoppen.

Schon bald kreist ein Rettungshubschrauber in der Luft. Claudia leidet Höllenängste und wird von Selbstvorwürfen geplagt, bis sie im Lager erfahren kann, dass der Einsatz einem verunglückten Skifahrer galt.

Einer der Sieger dieses Rennens ist übrigens ein tschechischer Musher, der die gesamte Rinne von oben bis unten auf dem Bauch, mit den Händen fest an den Schlitten geklammert, von seinen Hunden ohne Halt durchgezogen wird.

Wildkogel

Ein schöner Aussichtsberg in den Hohen Tauern, 2227 m hoch, gern besucht von Wanderern, Skifahrern und Rodlern. Fast alle fahren mit der Seilbahn hoch. Warum nicht auch mit dem Hundegespann, denkt sich Walter, der in der Nähe wohnt. Seinem Naturell entsprechend, setzt er seine Gedanken recht bald, zusammen mit einigen Freunden, in die Realität um. Das 'Iron Sled Dog Men', ein anspruchsvolles Bergrennen über viele Höhenmeter ist geboren.

Natürlich sind wir und Mush schon bald mit dabei. Vorerst aber nur im Tal, denn bei unserer ersten Teilnahme geht ein starker Wind. Deshalb fährt die Kabinenbahn nicht. Diese wird aber für den Rücktransport von Schlitten, Musher und Hunde gebraucht.

Der Vorabend des Rennens ist für die Begrüßung der Rennteilnehmer großartig organisiert. Auf einem Freigelände in Neukirchen stellt sich jeder Musher mit einem seiner Hunde vor, was direkt auf eine Großleinwand übertragen wird. Mush hat sich Bennie ausgewählt.

Da die Weihnachts-/Neujahrsferien noch andauern, sind viele Wintergäste unterwegs. Man promeniert bei der Show und der Musik auf dem Gelände und bald hatte Bennie mit einem etwa 13-jährigen Mädchen eine treue Begleiterin. Mush überließ ihr die Leine und das Mädchen mit dem Hund zogen glücklich ihre eigenen Kreise.
Am nächsten Tag besuchte uns am Stake-out die junge Dame, zusammen mit ihren Eltern. Selbstverständlich bekam Bennie die allermeisten Streicheleinheiten. Es war

ihm nie genug. Jedesmal, wenn ein bewegender Abschied vollzogen und die kleine Familie aus dem Ruhrgebiet außer Sichtweite ist, lässt Bennie ein herzzerreißendes Geheul erklingen und sofort ist seine Freundin wieder bei ihm.

Im nächsten Jahr dürfen wir den Wildkogel erstürmen. Es ist aber nicht so einfach. Während es im unteren Teil stetig, doch noch moderat ansteigt, scheucht man uns weiter oben die harte Ski-Abfahrtspiste hinauf. Die Steigung beträgt angeblich 70 %. Ein queren ist unmöglich, der Schlitten wäre nicht zu halten gewesen.

Bei den zahlreichen Verschnaufpausen, die Mush und auch wir an dem steilen Hang einlegen, bohren wir die Krallen in die vereiste Schneeoberfläche, in die auch Mush mit der Stiefelspitze eine kleine Vertiefung einkerbt, um für einen Moment zu stehen und wieder zu Atem zu kommen. Ein Abrutschen hätte weit in die Tiefe geführt.

Irgendwann bekommt aber auch dieser Himmelsweg wieder eine erträgliche Neigung und schon bei der ersten Hütte wird unserem noch japsenden Mush ein Mikrofon für seinen Kommentar vorgehalten. Akkustisch gab es kein ausgereiftes Gespräch.

Die Kabinenbahnabfahrten vom Wildkogel ins Tal sind für Rennteilnehmer inzwischen Vergangenheit und wir müssen auf eigenen Pfoten den Heimweg antreten. Den größten Teil der Strecke kann man auf einem kurvenreichen Weg traben, der auch als Rodelbahn benutzt wird. Für ein Achtergespann sind die Spitzkehren nicht gerade einfach zu nehmen. Wenn nicht alle Hunde die Kehre einwandfrei auslaufen und sich zu Abschneidungen verleiten lassen, kommt es auf den Grad der Böschung an, wie die Sache weitergeht.

Unser Crenuk ist ein guter Leader, doch scheu und etwas schreckhaft. Ein laut knirschender Schlitten überholt uns und bremst kreischend vor der schon nahen Kehre ab.

Crenuk macht Platz, zuviel Platz, schneidet die Kehre und saust mit dem gesamten Gespann geradewegs den Abhang hinunter, poltert über die Böschung und trifft nach dieser unfreiwilligen Abkürzung wieder auf den Weg. Der Schlitten stürzt um, Mush haben wir vorher schon verloren und in dieser Neuordnung, ohne Musher und mit Schlitten in Seitenlage traben wir munter weiter.

Der Schlitten kann sich nicht von selbst wieder aufstellen, denn im Schlittensack liegt ja, fest verpackt, Balto, der Angeber. Dem war mal wieder die Luft ausgegangen und kurz vor dem Abrutscher hat ihn Mush verladen. Jetzt schleift er die nächsten zwei bis drei Kilometer, nur durch eine Sackleinwand von dem holperigen Boden getrennt, hinter uns her.

Mush verfolgt uns auf dem Rücksitz des Skidoo's unseres gerade vorbeikommenden Fotografen und holt uns auch ein. Das Überwechseln auf den Schlitten erfolgt in voller Fahrt und wir sind wieder unter Kontrolle. Hunde und Schlitten sind heil geblieben. Doch der Passagier Balto, dieser Weichling, hat bestimmt eine Menge blauer Flecken abbekommen, die ich ihm gönne, diesem aufgeblasenen Macho.

Ich erinnere mich an unser erstes Rennen am Wildkogel. Ein sportlicher, weißhaariger Pulka-Musher hatte doch die Frechheit, uns mit seinem Gespann zu überholen. Da habe ich eben mal ganz schnell einen seiner Hunde gezwickt. Mush hat überhaupt nichts davon gemerkt, doch Rupert, so hieß der Pulka-Musher, nannte mich fortan 'der schwarze Teufel.'

An dem doppelten Unglückswochenende in einem der nächsten Jahre hatte ich aber keine Schuld oder höchstens nur ein wenig.

Wir fahren schon Freitag Mittag im Allgäu los, um möglichst stressfrei unser Ziel in den Hohen Tauern zu erreichen. Wir, das ist unser gesamtes Husky-Rudel, sowie Mush, als Organisator, Fahrer und Betreuer. Noch etwas früher startet bereits Heike, die ältere Mush-Tochter mit ihrem kleinen PKW. Sie logiert in einer Pension in der Nähe unseres Zielortes und genießt auf dem Balkon die Sonne und frische Luft bis zu unserer Ankunft. Es ist ein wirklich schöner Wintertag.

Für das Wohnmobil findet sich ein passender Platz. Mush errichtet das Stake-out und auch wir kommen an die frische Luft. Vor dem Dunkelwerden wollen wir noch eine kleine Runde laufen. An den nächsten beiden Tagen werden wir mit acht Hunden starten und Mush ist sich noch nicht sicher, welche von meinen Schwestern mit eingespannt werden.

Bald sind wir angeleint und Heike läuft uns in einem Bogen zum Startplatz voraus. Auf dem vereisten Boden rutscht sie aus und fällt hin.

So was kommt schon mal vor, doch wir wollen endlich losrennen. Mush kann uns mit seinen Kommandos und der Klauenbremse kaum noch halten und an ein ankern ist nicht zu denken. Er ruft, dass er schnell zurückkommen werde und wir toben uns eine kurze Weile voll aus.

Zurückkommend hat man Heike bereits auf einem Schlitten zum nahen Gasthaus transportiert und von dort einen Krankenwagen angefordert. Mush begleitet seine Tochter zur Notaufnahme des Krankenhauses in Mittersil. Dort diagnostiziert man einen Oberschenkelhalstrümmerbruch.

Man stellt frei, sofort nach München in eines der großen Krankenhäuser zu fahren oder an Ort und Stelle zu operieren. Heike ist alles egal und so entscheidet sich Mush für den sofortigen Eingriff.

Er kommt zu uns zurück, versorgt uns, richtet das Nötige und Notwendige und fährt später anstatt zum Musherabend wieder in das Krankenhaus. Die Operation ist soweit gut verlaufen, doch der Arzt verschweigt ihm nicht den Ernst der Situation. Die Knochen werden wieder zusammen wachsen, doch die vielen kleinen Blutgefäße sind unterbrochen, finden oft nicht mehr ihre Funktion und in ca. 70 % der Fälle wird der Einsatz eines künstlichen Gelenkes erforderlich.

Mush kann bis zu einem Besuch am folgenden Nachmittag nicht weiter helfen und so entschließt er sich, trotz des Unglücksfalles an dem Rennen der beiden nächsten Tage teilzunehmen. Lieber zweimal auf den Wildkogel rennen, als sich nur mit trüben Gedanken und nicht ausgelasteten Hunden herumzuplagen.
Eine uns nicht bekannte Musherin bietet sich sogar an, beim Start mitzuhelfen. Uns soll es recht sein. Natürlich würden wir gern von Heike betreut werden. Wichtig ist aber für uns, dass wir dabei sein können.

Nach einer schlechten Nacht hat Mush am nächsten Morgen alle Hände voll zu tun, die Hunde, auch die über den Tag zurückbleibenden, sowie sich selbst zu versorgen und alle Rennvorbereitungen zu treffen.

Schließlich ist alles geschafft und wir stehen unter ohrenbetäubendem Geheul in der Reihe der wartenden Gespanne vor dem Start. Die hilfsbereite Musherin hält und beruhigt die nervöse Baika, ihren Blick unverwandt zur Startlinie gerichtet.

Bennie wendet sich mir zu, er macht Ärger. Mush sieht es kommen, kann aber nicht von der Bremse und sein Rufen bleibt in dem Lärm ungehört. Die Rauferei ist nicht mehr aufzuhalten. Knurren, beißen, bluten. Einige beherzte Männer springen hinzu und da ja jeder Hund durch Tug- und Neckleine eingeengt ist, ist der Kampf bald unter Kontrolle.

Kurzer Überblick, was noch lauffähig ist. Ich wäre es ja auch noch gewesen, doch ein Biss in mein Ohr muss eine Ader getroffen haben, es blutet fürchterlich. Also werde ich aussortiert und mein Gespann startet mit nur sieben Hunden und geringer Verspätung ohne mich. Dabei habe ich dieses Mal wirklich nicht angefangen. Das Leben ist ungerecht.

Ein mir unbekannter Mann bringt mich zu unserem Wohnmobil und kettet mich dort an. Die Tierärztin kommt und behandelt meine Blessuren. Eine weitere Veterinärin, die schon auf dem Wildkogel weilt, wird noch hinzugezogen und muss deshalb mit der Seilbahn wieder ins Tal zurück.

Ein Verband wird dem stark blutenden Ohr angelegt, mit nur kurzfristigem Erfolg. Die Wunde juckt und bald habe ich das Bindematerial wieder abgeschüttelt. Die Wohnmobilwand ist bis zur Dachreling, die immerhin drei Meter über der Erde liegt, rot gesprenkelt. Zum Saufen stellt man mir was hin, aber sonst ist das alles überhaupt nicht lustig.

Erst am späten Nachmittag kehrt Mush mit den sieben gestarteten Hunden von seinem Berglauf zurück. Jetzt erst nimmt er mich richtig ins Visier und kündigt mir gleichzeitig das Ende meiner Rennkarriere an.

Das Leben geht weiter. Heike wird nach etwa 10 Tagen aus dem Krankenhaus entlassen. Mit viel Übungen, Gymnastik und eisernem Willen schafft sie es, ohne weiteren operativen Eingriff, nach vielen Monaten wieder normal zu gehen. Sie hilft später auch Mush wieder als Doghandlerin, unter anderem bei den ersten Dachstein-Läufen. Doch da bin ich dann nicht mehr dabei. Ist auch nicht jedermanns Sache, von 600 auf 2.735 Höhenmeter über steile Skiabfahrten und kurvige Tourenpfade hinauf und wieder hinunter zu rennen.

Bennie

Mit Bennie hatte ich eigentlich nie Probleme, abgesehen von der blutigen Schlacht am Wildkogel.

Die ersten zwei bis drei Jahre seines Lebens hatte er unter seinem Wurfbruder Balto zu leiden. Täglich musste er sich ihm mehrmals unterwerfen. Irgendwann merkte Bennie aber, mehr durch Zufall, dass er die gleiche Stärke hat. Dieses neue Selbstbewusstsein stoppte jäh das Imponiergehabe von Balto und führte zu Beißereien. Mush verteilte die beiden auf verschiedene Zwinger. Bonnie durfte bei Bennie bleiben.

Ich bin ja auch dafür, dass man die Rangordnung auskämpft, doch Mush ist da anderer Ansicht. Er meint, der Tierarzt verdiene schon genug an uns. Manche Feiglinge haben es auch auf die Beine abgesehen. Und was macht man mit einem Schlittenhund mit durchbissener Sehne?

Als Anuja ihrer Schwester Askia das Ohr abgebissen hatte, ein wenig hing es ja schon noch am Kopf, war das ja nicht ganz so schlimm, denn mit den Ohren läuft man ja nicht. Die Tierärztin nähte es zwar wieder an, meinte aber, dass es ewig ein Schlappohr bleiben wird.

Falsch gedacht, nach ein paar Tagen stand es so steil wie eh und je. Beide Ohren sind aber nicht mehr ganz synchron und hören stets in etwas verschiedene Richtungen. Das gibt Askia ein verwegenes Aussehen.

Zur Revanche hat sie Anuja gründlich die Schnauze verbissen, aber bei diesem Glückshund ist alles ohne bleibende Narben verheilt.

Zurück zu Bennie. An einem schönen Märztag machten wir nordöstlich von Norråker eine kleine Spazierfahrt mit dem Schlitten. Wir waren nach einer Pause in gemütlichem Trab schon auf der Heimfahrt. Plötzlich taumelte Bennie, fiel um und wurde noch ein kleines Stück mitgeschleift. Mush ankerte sofort und lief zu uns vor. Er hatte keine Ahnung, was passiert ist, hatte so etwas noch nie erlebt.

Bennie lag total verkrampft, eine Leine zwischen den Zähnen, zuckte und zitterte, war aber nicht ansprechbar. Bonnie stand regungslos neben ihm, doch Berry wollte sich auf ihn stürzen, einem uralten Trieb folgend, alles Fremde und Kranke im Rudel auszumerzen. Auch die anderen Rüden waren aggressiv und Mush hatte Mühe, sie von dem Bewusstlosen abzuhalten.

Er streichelte Bennie und redete beruhigend auf ihn ein. Irgendwann kam er auch wieder langsam in diese Welt zurück. Er verstand nicht, was mit ihm passiert war und seine Augen baten um Entschuldigung, dass er nicht sofort seine Arbeit wieder aufnehmen konnte. Er ließ sich von Mush widerstandslos in den Schlittensack und wenig später im Auto auf den Beifahrersitz packen.

Die Anfälle wiederholten sich in unregelmäßiger Folge, meist aber weniger schlimm. Sie waren keine Folge einer Überanstrengung und so durfte Bennie auch weiterhin im Gespann laufen. Wenn Bennie torkelte, hielten wir an. Er war für einige Zeit nicht mehr bei uns. Sobald er wieder zu sich kam, schauten seine Augen so erstaunt und fragend, auch entschuldigend, dass er wieder einmal einen Aussetzer hatte. Wir machten Pause, auch bei Rennen, bis er von selbst wieder weiter wollte und fuhren dann auch jede noch so lange Distanz zu Ende. Die anderen Hunde ließen ihn jetzt bei diesen Zwangspausen in Ruhe. Sie kamen nicht häufig vor, etwa zwei- bis dreimal im Jahr.

Im April, Bennie war 6 ¼ Jahre alt, erfolgte ein solcher Anfall im Zwinger. Von diesem sollte er sich nicht mehr erholen. Erst verweigerte er das normale Essen, dann die Hundekuchen, schließlich auch das Saufen. Seine Kräfte schwanden immer mehr. Er verstand es nicht, warum es plötzlich so viel Mühe machte, auf die Hundehütte zu springen.

Mush ging mit ihm in die Tierklinik zu einem Arzt seines Vertrauens. Er machte ihm überhaupt keine Hoffnung, sprach von Aproplex.

Bennie zog um, vom Zwinger in den Hausflur und durfte jetzt auch frei im Garten laufen. Die Liebe zu Bonnie war immer noch groß und diese spielte mit ihm, bis er zu unbeholfen wurde. Er zeigte keine Anzeichen von Schmerzen, Hunger oder Durst, liebte die Streicheleinheiten und beruhigende Worte. Immer wieder gab es auch Momente des Verstehen und Verständigen. So sah Mush keinen Anlass, Bennie mit Hilfe des Tierarztes auf die weite Reise zu schicken.

Es war Ende Mai an einem Sonntagabend. Bennie tappte hinterm Haus im Garten umher. Plötzlich war er verschwunden. Nun, weit kann er nicht sein. Alle Büsche und Hecken durchgesehen, die Scheune gründlich untersucht, die etwas weitere Umgebung kontrolliert. Bennie blieb verschwunden.

Am nächsten Morgen fand ihn eine Bekannte unseres Nachbarn an einem entfernten Waldrand. Er lebte. Mush trug ihn auf seinen Armen nach Hause. Er wog ja nicht mehr die 30/31 kg aus seinen besten Tagen. Wir gönnten ihm seinen letzten Ausflug.

Vier Tage später torkelte Bennie die Stufe vor der Haustüre hinunter und wankte zum Freilauf. Er ging zum Zaun, hinter dem sich die anderen Hunde aufhielten. Bald konnte er nicht mehr stehen und Mush brachte ihn zurück, legte ihn vor dem Haus auf eine Decke in die noch milde Sonne. Bennie machte sich nach kurzer Pause erneut auf den Weg zum Freilauf, landete aber schließlich wieder auf der Decke.

Mush hatte im Hause zu tun und als er etwas später nach seinem Pflegling sah, wunderte er sich über die seltsam verdrehte Stellung des Kopfes zur Türe hin. Mir war klar, Bennie wollte unbedingt seinen Menschenfreund nochmals sehen, wollte Abschied nehmen. Dieser bettete ihn in normale Lage, legte die Hand unter seinen Kopf und sprach mit ihm.

Bennie war jetzt ruhig und zufrieden. Er atmete zwölf bis fünfzehn mal tief durch, kein Zucken, keine Bewegung. Alles war total still, vollkommene Ruhe überall. Mush horchte noch, ob ein ruhigeres Atmen einsetzte.

Doch wir, 20 – 40 m entfernt, auf Freilauf und Zwinger verteilt, wussten in diesem Moment, dass Bennie seinen letzten Weg angetreten hatte und begleiteten diesen mit unserem vielstimmigen, durchdringenden, in der Stille alles beherrschenden Heulen.

Bennie hatte uns für immer verlassen. Er war ein feiner Bursche, ein zuverlässiger, treuer Kamerad.

Veränderungen

Im Leben müssen wir uns immer wieder den Veränderungen stellen. Sie sind unausweichlich. Wir älteren Hunde mussten diese Erfahrung machen, als wir so nach und nach aus dem ersten Gespann genommen wurden. Freilich, wir durften immer wieder einmal eine Runde drehen oder wurden als zweites Gespann eingesetzt. Wenn es jedoch zu einer Hochtour oder einem Longtrail über mehrere Tage ging, mussten wir zu Hause bleiben. Man konnte uns ja nicht ohne Betreuung am Ausgangspunkt zurücklassen.

Den Menschen in seiner komplexen Lebensform treffen Veränderungen oft vielschichtig. Manches kann geplant werden, anderes kommt unerwartet. Mush sah ein, dass auch in seinem Leben eine Wende eintreten musste. Ab dem 14. Lebensjahr stand er voll im Berufsleben. Jetzt schenkten sie ihm nach dem Rennen in Destne eine Torte mit der goldenen '70'.

Das Laufen mit den Hunden war dabei nicht entscheidend, sondern den Lebensstandard auf ein danach ohne Arbeitseinkommen einzupendeln.

Der schöne Hof im Allgäu wurde gekündigt und auch die teure Stadtwohnung in München, in der Musha seit elf Jahren allein lebte, wurde aufgegeben. Dies bedingte einen zweifachen Umzug mit Ausräumen und Renovieren. Mush hätte das allein nicht geschafft, wenn ihm jetzt nicht viele Freunde, Bekannte und Verwandte zu Hilfe gekommen wären.

Er hatte zu diesem Zeitpunkt gesundheitliche Probleme, konnte oft kaum noch laufen. Ein Arzt reichte ihn zum nächsten weiter, keiner fand die Ursache, konnte ihm helfen. Allmählich zweifelte er selbst an seinem geistigen Urteilsvermögen und landete am Memminger Marktplatz in einem alten Patrizierhaus bei einem kleinen weißhaarigen Doktor mit dem Türschild 'Nervenarzt'.

Dieser klopfte mit seinem Hämmerchen auf die Kniescheiben, stellte ihm Fragen und schickte ihn in die Röhre. Dort stellte man fest, dass die untersten Wirbel des Rückgrates kaum noch Durchlass hatten und eine sofortige Operation unablässig wäre.

Mush weigerte sich. Was wäre mit seinen Hunden und Plänen geworden? Mit einer dreitägigen genauen Untersuchung und Beobachtung in einer Spezialklinik erklärte er sich einverstanden, genoss dort die Umsorgung und Ruhe für kurze Zeit. Das Resultat änderte sich nicht. Die Klinikleitung wollte ihm einen möglichst kurzfristigen OP-Termin in Günzburg oder München verschaffen.

Mush dachte nicht daran. So lange er noch laufen konnte, wollte er seine Pläne durchziehen. Der Geschäftsbetrieb lief weiter, erforderte seine Aufmerksamkeit. Die Umzüge mussten vorbereitet und die Auswanderungs-Formalitäten erfüllt werden. Mush wollte nämlich mit uns Hunden für immer nach Nordschweden ziehen. Nur Musha schloss sich wieder einmal aus.

Von allen diesen Störungen und der Hektik wurden wir Hunde aber kaum betroffen. Sicherlich, die Winterreise in den Norden fiel in diesem Jahr aus. Doch bei vielen

Rennen, vor allem im Berg und auf der Langstrecke waren wir dabei.

Die Hunde des ersten Gespannes waren in prächtiger Verfassung und wurden von Crenuk, dem Leader, hervorragend geführt. Nur die immer fleißige Bonnie musste sich eine Auszeit nehmen und brachte während eines Mittelstreckenrennens im Wallgau im Wohnmobil ihre Welpen zur Welt. Das Fernsehen zeigte die Kleinen deutschlandweit. Bonnie hatte selbstverständlich vorher und nachher ihren Schwangerschaftsurlaub und durfte sich ganz der Pflege ihres Nachwuchses widmen.

Ihr Fehlen war schon spürbar, vor allem aber das miserable Laufvermögen des Mushers. Alle Hunde im Einsatz legten sich voll in das Geschirr und machten die Ausfälle mehr als wett. Vor allem das letzte Rennen am Dachstein brachte eine überragende Leistung, dass selbst der knorrige Toni und die anschließenden Presseberichte voller Anerkennung waren. Wir gehörten in dieser Saison zu den vier europäischen Gespannen, die mit dem 'Iron Sled Dog Men Finisher' ausgezeichnet wurden.

Fünf oder sechs Wochen später nahmen wir Abschied vom Allgäu. Der Umzugs-LKW mit Hänger hatte einen Vorsprung mit etwa 12 Stunden. Mush folgte mit dem Wohnmobil und seinen wichtigsten Besitztümern. Dazu gehörten vor allem wir Hunde.

Schon am 2. Autobahnparkplatz gab es den ersten längeren Halt. Mush war nach dem Aus- und Einräumen, den Formalitäten, Übergaben, Abschieden und körperlichen Hemmnissen am Ende seiner Kräfte. Doch bald zockelten wir weiter gegen Norden, unserer neuen Zukunft entgegen.

Nordisches Land

Es ist Ende Mai/Anfang Juni, eigentlich Frühsommer. Im Süden von Schweden ist die Vegetation mit der des Allgäus vergleichbar. Doch je nördlicher wir kommen, desto kürzer das Gras und kleiner die Blätter an den Bäumen. An unserem Ziel angekommen, hat sich das erste Grün gerade durchgekämpft. Pappeln stehen meist noch kahl, Birken haben kleine Knospen getrieben.

Der Saxenälven rauscht mit dem Schmelzwasser in mächtigen Wogen über die zahlreichen Klippen von den Bergen. Eine frische, würzige Luft ist gegenwärtig. Wir inspizieren unsere Zwinger und drehen im Freilauf die ersten Runden. Alle haben die Fahrt gut überstanden.

Nur Stunden später steht auch der Möbelwagen vor dem Haus. Eine Arbeits-Gruppe des Ortes mit vier Männern beginnt zügig mit dem Ausladen der Möbel und Geräte. Aus dem 30 km entfernten Högland eilt zur Unterstützung noch ein deutsches Musherpaar mit der sehr willkommenen Erstverpflegung herbei. Norråker hat uns freundlich aufgenommen.

Es ist ein kleiner Ort mit etwa 100 Einwohnern, am nördlichen Ende des cirka 30 km langen Tåsjö-Sees gelegen. Direkt an der Grenze zu Lappland befindet er sich auch am Ende der asphaltierten Straße. Mit dem Schlitten kann man direkt ab Freilauf bei passender Schneelage ein unendlich weites Gebiet befahren.

Mitten im Dorf befindet sich eine Tankstelle, ein Kaufladen, ein Cafe und ein Souvenirgeschäft mit Zugang zum Computer, Telefax, Kopiergerät und der Bibliothek, gleichzeitig zuständig für die Ausgabe von Jagd- und Angelscheinen, auch der Aufsicht und Pflege des Campingplatzes. Die Schule wurde im vorigen Jahr geschlossen, da die Zahl der Kinder inzwischen unter die des Personals gesunken war.

In den Jahren zuvor hatten wir schon vieles erkundet. In den kalten und dunklen Frostmonaten war es nicht immer leicht, denn vor Mitte Februar lässt sich kaum ein Skoter blicken und ein brauchbarer Trail selten finden. Trotzdem hatten wir immer wieder unsere besonderen Erlebnisse.

Da war das Midsommarfjället, der höchste Berg der Umgebung mit rundum weiten Ausblicken. Oft war er nicht zu erklimmen, wenn die Wetterunbilden oder die Schneelage ein nein sagten.

Beliebt waren die Ausflüge zu dem Wärdshus in Högland, betrieben von einer deutschen Familie. Der Trail zog sich weitab des Autoweges durch einsames Gelände. Die Strecke musste man kennen, denn die Trail- und Markierungspflege wurde von unserem Standort aus kaum wahr genommen. Erst im Zuständigkeitsbereich des Weilers Harrsjö und von Högland selbst fand man die besser gepflegten Bedingungen.

Schon am Nachmittag ging es ab Zwinger los und nach zwei bis drei Stunden hatten wir die 32 km in meist bergigem Gelände zurückgelegt. Wir wurden hinter dem Gasthaus angekettet, durften ausschnaufen. Mush ließ es sich in der Wirtsstube bei einem reichlichen Abendessen und Austausch aller Neuigkeiten gut gehen.

So nach 20 Uhr ging es, gut erholt, in zunächst schnellem Galopp, später in zügigem Trab auf unserer Spur nach

Hause zurück. Fast immer begleitete uns der Mond, ließ seine Schatten bei Durchquerung der Wälder zurück, gab klare, weite Ausblicke bei der Fahrt über die Moore oder zeichnete schemenhafte Konturen und Gestalten bei den schneebehangenen Krüppelgewächsen, die wir passierten. Und nie begegnete uns ein Mensch, nur selten waren die Flattergeräusche aufgeschreckter Hühnervögel zu hören.

Bei unseren Ausflügen fuhr Mush meist zuerst mit sechs bis acht der jüngeren Hunde und spannte anschließend uns Oldies ein. So geschah es auch an einem kalten, früh dunklen Wintertag.

Der leichte Schlitten wird außerhalb des Freilaufes gesichert und meine drei Schwestern mit mir eingespannt. Mush zieht den Schneeanker ein und will den Panikhaken lösen. Der ist jedoch durch ungenaue Vorbereitung ein paar Zentimeter außerhalb seiner Reichweite. Er geht zwei Schritte zurück und muss deshalb den Fuß von der Zackenbremse nehmen.

Beim Öffnen des Panikhakens gibt es ein leichtes Klicken, für uns stets das Startsignal. Mit einem Bilderbuchstart ziehen wir an und rennen los, noch bevor er den ersten Fuß auf eine Kufe setzen kann. Augen nach vorn, Ohren auf Durchzug und das Schreien und Schimpfen des Zurückgebliebenen verliert sich in zunehmender Ferne.

Wir überqueren die Straße und nach knapp hundert Metern geht es im Rechtsbogen steil den Berg hoch. Wie herrlich leicht ist doch der Schlitten hinter uns. Jetzt noch die zweite Straße, bei Göran durch den Hof und über den hoch aufragenden Schneewall. Die menschlichen Gefährdungen sind überwunden.

In einem schnellen Trab folgen wir dem uns bekannten Trail. Trotz früher Stunde ist es schon dunkel, doch der Mond schenkt uns ein bleiches Licht. Wir traben durch niederes Gehölz, tauchen in dichten Wald ein, überqueren Lichtungen und vereiste Moore. Schließlich kommen wir auf einer freien Fläche zu einer Umkehrschleife, die wir vor drei Tagen gezogen haben. Wir verzichten darauf, durch den jetzt folgenden Tiefschnee eine Bahn zu ziehen. So nehmen wir die Wende und laufen beschwingt auf unserer Spur zurück in Richtung der heimischen Futternäpfe.

Mush erwartet uns noch ein gutes Stück vor den Straßenüberquerungen. Vor unserer Abfahrt gab es einen heftigen kurzen Flockenwirbel und so konnte er unsere frischen Spuren gut verfolgen. Das Laufen auf eigenen Beinen wurde ihm jedoch nicht erspart.

Wir kommen ihm in tadelloser Ordnung ohne umgestürzten Schlitten entgegen. Nur Aleska neben mir hat sich ein klein wenig in ihrem Geschirr verheddert. Bei Mush überwiegt die Freude, uns wohlbehalten wieder in Obhut zu nehmen. Er stellt sich auf die Kufen und so beenden wir doch noch gemeinsam unseren Ausflug.

Laufen und Schlitten ziehen, das ist unser Leben. Seit Jahrtausenden wurden unsere Vorfahren der nordischen Rassen für diese menschliche Notwendigkeit gehalten und eingespannt. Bei vielen Naturvölkern in ihrem extrem harten Überlebenskampf in Kälte, Eis und Schnee genossen wir hohes Ansehen und eine enge Verbundenheit. Zusammen mussten wir alle Anforderungen bestehen und uns bedingungslos aufeinander verlassen.

Schon unsere Welpen hatten bei Reisen gemeinsam mit den Säuglingen der Menschen den gleichen Kälteschutz in ihren warmen Kapuzen. Jeder kannte die Bedürfnisse des anderen und passte sich an. Wie wollte der Mensch ohne uns der Jagd nachgehen, die Lasten befördern, seine Ziele erreichen?

Unsere Art ist es, ihm zu dienen. Je tiefer die Gemeinsamkeit und das Vertrauen ist, desto besser arbeiten wir für ihn. In einer Auslese hat man uns dazu erzogen, nie in einen Kampf gegen den Menschen anzutreten. Wir wehren uns passiv, wenn es unbedingt sein muss.

Jedem erfahrenen Musher ist bewusst, dass er ohne das Wollen der Hunde sein Ziel nicht erreichen wird. Zumindest nicht mit uns nordischen Dickköpfen. Es mag andere Rassen geben, die rennen bis sie tot umfallen. Wir Huskies halten immer noch ein Kraftpotential in Reserve. Das hat sogar Mush von uns gelernt, sich auch bei extremen Touren nie bis zur völligen Erschöpfung zu verausgaben.

Ich selbst habe einmal den Ziehdienst verweigert. Es war auf dem Heimweg an einem Frühsommertag. Die Sonne brannte, der Schnee war schwer und das halbe Gespann angeschlagen. Eine Hündin war im Schlitten verladen, eine weitere trottete mit einer Pfotenverletzung hinterher und die noch am Schlitten zogen, wirkten mut- und kraftlos.

Da sollte es Anuk mal wieder richten. Normalerweise arbeitet man in einer solchen Situation für die anderen mit, doch jetzt war ich nicht kooperativ, hatte meine Gründe. Mush versuchte alles, mich zum Laufen und zum Arbeiten zu bewegen, es war zwecklos. Schließlich spannte er mich wütend aus, band mich abseits des Trails an einen Baum. Mühsam den Schlitten schiebend zog er mit dem Rest der Truppe dem etwa drei bis vier Kilometer entfernten Parkplatz entgegen.

Nach etwa zwei Stunden kam er allein zurück und holte mich ab. Wahrscheinlich war er froh, dass dieser Streik nicht in entfernter, einsamer Wildnis erfolgt ist.

In der Regel freuen wir uns jedoch immer auf die gemeinsamen Ausfahrten. Schon an der Auswahl und der Beladung des Schlittens merken wir sehr schnell, ob es nur eine kurze Runde mit 15 – 20 km oder eine etwas längere Tour werden soll.

Wir sind ein eingespieltes Team, schon seit Geburt zusammengehörig. Sicher ist unsere Zugkraft unterschiedlich. Die kleine Baika kann niemals die gleiche Last bewegen wie ihr mächtiger Bruder Berry. Hinzu kommt noch die Tagesform, die auch bei uns Hunden nie ständig gleich sein kann. Doch jeder gibt sein Bestes und die Tugleine durchhängen zu lassen, gilt nicht.

Vernünftig ist, dass Mush uns ältere Semester zusammen laufen lässt und sich selbst anpasst, sowie den jüngeren Tempobolzern unter ihresgleichen freie Fahrt gibt.

Im Frühsommer beziehen wir für ständig unser festes Domizil im Norden. Alles ist bereits vorbereitet. Wir haben fünf Zwinger, ordentliche Hütten und einen geräumigen Freilauf. Mit Askia teile ich mir das schattigste Gehege.

Wenn im Sommer auch selten die Temperatur auf 28 oder gar 30 Grad plus steigt, brennt die Sonne unbarmherzig in der klaren Luft und stößt oft bei unserem Thermometer an dessen Grenze mit 50 Grad Celsius an. Die heiße Zeit wird verdöst, da sind auch keine Mücken unterwegs, das passt selbst denen nicht.

Doch die Tage sind lang, von Mai bis in den August wird es überhaupt nicht dunkel. Und keine Ausfahrten. Dabei interessiert mich doch sehr, was außerhalb des Zaunes so vor sich geht. Die seltenen Spaziergänge an der Leine oder die wenigen Ausflüge zu einem Stake-out am Waldrand genügen mir nicht.

Und ich finde meinen Weg, lasse mir immer wieder einen neuen Kniff einfallen. Vor allem zieht es mich zu dem kleinen Dorf. Da gibt es andere Hunde, viel zu schnuppern, manchmal sogar ein Leckerli, wenn mich irgendwelche fremde Menschen locken. Dann lasse ich mich sogar einfangen.

Meist lande ich anschließend im Cafe bei Lena und Rickard, die ja selbst viele Huskies haben und Rickard bringt mich mit recht vorwurfsvollem Blick zu Mush zurück.

Es ist Zeit, die Ziele zu wechseln und so streune ich vorzugsweise bei einem Bootshaus an einer Bucht in recht abenteuerlicher Umgebung. Heike, die Tochter von Mush, hat nach einigem Rufen und Zetern bald meinen neuen Lieblingsplatz ausgemacht und so komme ich immer wieder nach einer gehörigen Ansprache in meinen Zwinger zu Askia zurück.

So hat auch der Sommer im Norden seine Reize und die Zeit lässt sich mit Leben füllen.

Letzte Fahrt

Wohin geht die Reise? Mush hat viele Vorbereitungen getroffen, auch einige Säcke Hundefutter in das Wohnmobil verladen. Mit einem kühnen Sprung habe ich wieder meine rechte obere Box erstürmt und es mir bequem gemacht. Jetzt befinden wir uns schon fast zwei Stunden unterwegs, teilweise auf Wegen, die wir noch nie gefahren sind.

Der schmalen Straße nähert sich ein mächtiger Elchbulle. Unser Mobil wird langsam. Das imposante Tier betritt die Straße, bleibt stehen, schaut in die andere Richtung. Pass auf, Bursche, die Elchjagd hat begonnen. Zehntausende von Menschen durchstreifen mit Gewehren und ihren kläffenden Elchhunden die Wälder, machen Jagd auf dich und deine Art. Nimm' dich in acht, bring' dich in Sicherheit.

Oder gibt es keine Sicherheit? Ist alles letztendlich nur Bestimmung?

Ich werde schläfrig, träume vor mich hin. Wohin geht die Reise? Ziehen wir wieder nördlicher zum Polarkreis und treffen Niklas? Ich werde sein Gespann anführen, egal wohin es geht und welches Wetter wir haben. Oder treffen wir Heike und Anja mit der kleinen Stefanie, auf die ich ganz gut aufpassen werde. Ich sehe Mush mit einer doppelten Portion der geliebten Betthupferl, den Hundekuchen, die ich ihm ganz vorsichtig mit meinem Maul aus der Hand nehme. Treffen wir Huskymädchen in ihrer interessantesten Phase des Jahres? Ich werde sie bestimmt nicht nur in den Po zwicken.

Und ich bin frei, frei von Ketten und Leinen, lasse meine Kräfte spielen, stürme über endlos weite Flächen, springe über Felsen, durchquere Bäche und Flüsse. Wo sind die Grenzen und was wird hinter den Grenzen sein?